正徹と心敬

Shotetsu & Shinkei

伊藤伸江

コレクション日本歌人選054
Collected Works of Japanese Poets

JN302017

笠間書院

『正徹と心敬』

目次

【正徹】

【心敬】

凡例

一、本書には、室町時代の歌人正徹と心敬の歌計三十四首及び心敬の連歌十三句を載せた。

一、本書は、正徹と心敬のつくりあげた文学の世界を深く鑑賞できるように、作品を和歌・連歌から総合的に選び、両者それぞれの文学的達成の様相に加え、両者の間の強い影響関係も、同時に理解できるようにした。

一、本書は、次の項目からなる。「作品本文」「出典」「口語訳（大意）」「鑑賞」「脚注」・「略伝」「略年譜」「筆者解説」「読書案内」「付録エッセイ」。

一、作品本文は、主として正徹の和歌は、『新編私家集大成』『新編国歌大観』に、心敬の和歌は岩波新日本古典文学大系『中世和歌集　室町編』、和歌文学大系『草根集　権大僧都心敬集　再昌』に、連歌は『心敬作品集』その他により、適宜漢字をあてて読みやすくした。

一、鑑賞は、一首につき見開き二ページをあてた。連歌の鑑賞は、発句はその句のみを掲出したが、百韻内の句は前句との付合の形で掲出し、訳も心敬の句が加えられ付合となった時の全体の意味を出し、心敬の句がつくり出した連歌の流れを理解できるようにつとめた。

一、長文の詞書等は、後ろにまとめて掲載したものがある。

正徹と心敬

01

めぐる江《え》の流れ洲崎《すざき》の離れ家《や》に燕《つばめ》出で入る春日《はるひ》のどけし

【出典】草根集・二七五三（私家集大成中世Ⅲ）

ぐるりと湾曲《わんきょく》した入江の、流れの中にのびた長い洲の突端に一軒家がぽつんとある。その家には燕が出たり入ったりしていて、この春の日ざしのうららかなことよ。

春の入江《いりえ》を詠《よ》んだ和歌。歌題《かだい》は「春江《しゅんこう》」。入江は広く、はるかぐるりと見渡される。潮が満ち引きするたびに現《あらわ》れ隠《かく》れする流れ洲《す》の、その先の方、岬《みさき》にある一軒家へと、視線が導かれていけば、そこでは、巣を作っている燕《つばめ》が活発に出入りし、やわらかな春の日がふりそそいでいるのどかな情景が見られる。遠方をのぞみ、陸地から遠く突き出た岬の家へ、そしてその家に出入りする小さな燕の姿へと、句ごとに、急速に近づき拡大し、ピントをあわせ

【語釈】○流れ洲崎—流れ洲が長く川や海に突出して岬のようになった場所。流れ洲は、流れによって位置がうつりかわる洲。また流れにはさまっている洲。

ていく手法は大胆《だいたん》で鮮やかである。

一見、何でもない情景を描写したように見えるのだが、これまでの和歌の中には見あたらない非常に特異な歌だと言ってよい。「めぐる江」と入江の湾曲を述べた表現は他に見あたらず、「流れ洲崎」も、室町末から江戸初期の連歌《れんが》に散見される程度の口語的な語句である。入江の洲崎には、海鳥《うみどり》が群れ集まるが、鴎《かもめ》、千鳥などと違い、離れ家に来る燕の姿は意表をつく。燕を素材として選んでも、雁《かり》と入れ違いに渡りをすることを詠まれやすく、正徹のように、身近な親しみやすい姿を詠む歌は珍しい。

彼は、燕が入江の水の上を飛びかうさまや、宿の梁《はり》に並んでいるさま、半分まきあげた御簾《みす》の下から飛び入ってくるさま、*毎年同じ場所に訪れて巣をかけるさまなど、他にもこの鳥の生き生きした生態《せいたい》を詠み残している。

正徹は、雨の中、*白鷺《しらさぎ》が川辺から飛び去って行く姿のような美しい光景を詠出《えいしゅつ》し、鷺であっても群がってえさをあさる姿や、沢田《さわだ》に隠れて眠る雉《きじ》の姿、刈り入れの田に落ち穂を求めて騒ぐ雀の様子など、野外で日常的に目に触れる、鳥の何気ない生活のありさまをも素直に歌に詠み入れた。正徹の鳥への視線は鋭く、またやさしい。

*毎年同じ場所に―「あはれにも軒端の燕来鳴くかな去年も巣かけし宿を尋ねて」(草根集・一〇七九七)など。

*白鷺が川辺から―「松立てる野川の鷺の一つれにひとり遅れて急ぐ山本」(草根集・四九六七)など。

02

水浅き蘆間《あしま》に巣立つ鴨《かも》の足の短く浮かぶ夜半《よは》の月影

【出典】草根集・三一六八

浅い水に生えた蘆《あし》の間に、初めて巣を出た若い鴨が立っている。その短い足のように、短い間だけ空に浮かびすぐに沈んでしまう夏の夜中の月よ。

【語釈】○巣立つ―はじめて巣を出ること。

題は「夏月《なつのつき》」。夏の夜は、明けるのが早く、短い。そうした短夜《みじかよ》の月の趣《おもむき》を詠む題であるが、正徹の歌は、第三句から第四句にかけ、水辺《みずべ》に立つ鴨《かも》の足の短さを空の月の見える時間の短さに転《てん》じてつないでおり、非常に珍しい歌となっている。

鴨の足が短いという認識は、鴨の足は元から短いもので、継《つ》ぎ足《た》すと困った事になる（誰しも持ち前の天分に応じ、生き方をむやみに改めないのがよい）という*荘子《そうし》の言葉からきている。このことわざを使って、「鴨の足」から「短い」を引き出してくる機智的な句のつなぎ方は、連歌《れんが》に多く見られるものであった。

だが、和歌で鴨の足の長さを詠むことは、正徹以外の歌人ではまず見られない。正徹自身も、この「鴨の足」という語句は、歌には技巧的すぎるようであるがと断って、「短」という字に注目して、こんなふうに詠んだのだと*説明しており、好ましくはないとわかっている。それでも彼は、鴨の足の短い特性を生かして、他にも冬の日の暮れやすさや夏の夜の明けやすさを詠もうとしていた。鳥の体の部位《ぶい》を時間感覚に詠みかえていく歌に「*あしひきの山鳥の尾のしだり尾のながながし夜を一人かも眠む」（万葉集）があり、山鳥の尾の長さから独《ひと》り寝《ね》の寂しい夜の長さにつないでいくが、そうした有名な古歌《こか》にならった、彼らしい意欲的な試みなのであろう。

鴨は春から夏にかけ子育てをし、子鴨は夏に成鳥《せいちょう》となる。やっと大人になったばかりでは、若鴨の足はまだほっそりとたよりない。そんな若々しい鴨の姿のイメージが、ことわざを使った和歌の堅《かた》さを和らげている。月の光にたたずむ若鴨の静かな姿を、夏の月がほの明るく照らす柔らかな情景である。

＊荘子の言葉―「鳧《かも》ノ脛短シト雖ドモ、之ヲ続《つ》ゲバ則チ憂フ」。荘子は中国の戦国時代の思想家。世間を離れた無為自然の境地をとなえた。

＊説明しており―正徹物語による。正徹物語は弟子の聞《きき》書《がき》による正徹の歌論、歌学の書。

＊あしひきの…―万葉集・巻十一・作者未詳歌。拾遺集で柿本人麻呂の歌とされた。山鳥の垂れた尾のように長いこの夜をたった一人ぼっちで寝るのだろうか。「あしひきの山鳥の尾のしだり尾の」は「ながながし」を引き出す序詞《じょことば》。

03

ひとりまづ梢《こずゑ》を高み鳴きそめて山めぐりする蟬の諸声《もろごゑ》

【出典】草根集・三一九四

まず一匹が高い梢の上から鳴きはじめると、その声が他の蟬の声を誘い、まるで山をぐるりとめぐり動いていくかのように聞こえてくる、数多くの鳴き声よ。

夏の山中、一匹の蟬が、ふいに鳴きはじめると、誘われるかのように蟬たちがいっせいに鳴きはじめる。ひとしきり鳴くと鳴きやみ、しばし静かになる蟬たちの声は、今ここで盛んに聞こえ、次には向こうで聞こえと、絶えず変化して聞こえる。高所《こうしよ》から降り落ちる声と横へと移りゆく声、一声《ひとこえ》の響きと諸声《もろごえ》の重なり、こうした対比が第三句の切れによってより意識される、はっきりした印象の歌である。「山裏蟬声《やまのうちのせみのこゑ》」は珍しい題。『新撰朗詠集《*しんせんろうえいしゆう》』に

【語釈】○山めぐり―山から山へと移っていくこと。○諸声―数多くがいっせいに鳴く声。

*新撰朗詠集―藤原基俊《もととし》が編んだ平安後期の詩歌撰。公任の和漢朗詠集に倣い、漢詩句と和歌をおさめる。

は*王維《おうい》の漢詩句「山ノ裏《うち》ノ蟬ノ声ハ薄暮ニ悲シブ」が見える。

「山めぐり」とは、晩秋から冬にかけて、時雨《しぐれ》が山々を移りながら降り過ぎて行く様子を言う。この言葉を、真夏の蟬声がそこここに降りしきる様《さま》にも通じるものとして詠み込んだところが、この歌の眼目《がんもく》である。正徹は、「*我歌は悪かるべし。毎々、人の歌を詠まじと案じ侍るほどに」と常々言っていたという。そんな彼らしい、細かな観察に基づく、他に例のない意欲的な形容であった。

「蟬の諸声」は、新古今時代の歌人に使われ、後には*伏見院《ふしみいん》が、夕暮れ時の風にまじり響いてくる蟬の諸声を好んで詠んだ。この表現は、*京極派《きょうごくは》歌人の関心を引き、正徹にうけつがれ、さらに微妙な音の強弱、高低、遠近を見つめられていった。

なお、「蟬声」と「時雨」の音の類似に関しては、*応永《おうえい》期に地下連歌《じげれんが》に詠まれはじめ、正徹が連歌を学んだ連歌師*梵燈庵《ぼんとうあん》にも「時雨とは聞きあやまりの松の蟬」という句がある。この歌は、こうした同時代の連歌の風潮を受け入れて、「蟬時雨」のイメージを和歌でも表現せんとした、初めての歌となっている。

*王維―中国盛唐の詩人。美しい自然描写を特徴とした。
*我歌は悪かるべし…―私の歌はよくないにちがいない。いつも、他人がつくる歌と類似した内容の和歌を詠むまいと考えていますから。心敬の「ささめごと」に見える言葉。
*伏見院―第九十二代天皇。京極為兼《ためかね》の歌風を支持し、京極派歌風の形成をなさしめた（一二六五―一三一七）。
*京極派歌人―京極為兼が提唱した歌風を支持する和歌流派に属する歌人。十四世紀前半の持明院統《じみょういんとう》宮廷の皇族、貴族らが主なメンバーである。
*応永期―応永年間（一三九四―一四二八）。
*梵燈庵―十四世紀後半から十五世紀にかけて活躍した連歌師。

04

憂《う》しとてもよも厭《いと》はれじ我が身世にあらむかぎりの秋の夕暮

【出典】草根集・一三三〇

これほどまでにつらいと思ってはいても、そんな気持ちに私をさせる秋の夕暮れを嫌うことは決してできないであろうよ。私の身がこの世に生きているかぎりは。

闇《やみ》のたれこめるそのほんの少し前、冷え冷えと暗闇が降りてくる秋の夕暮れの幽寂《ゆうじやく》な一瞬ほど、人の心に感情をわきあがらせるものはない。例えば、『新古今集』*には、後世「三夕《さんせき》」として有名になった、

さびしさはその色としもなかりけり槇《まき》立つ山の秋の夕暮　寂蓮《じやくれん》*
心なき身にもあはれは知られけり鴫《しぎ》たつ沢の秋の夕暮　西行《さいぎよう》*
見渡せば花も紅葉もなかりけり浦の苫屋《とまや》の秋の夕暮　藤原定家《ていか》*

【語釈】○憂し―思うようにならなくてつらい。

＊新古今集―鎌倉時代初期に編まれた第八番目の勅撰集。
＊寂蓮―新古今集の撰者の一人ともなった著名歌人（一一三九―一二〇二）。
＊西行―平安時代末期の歌僧。

という、秋の夕暮れの小世界を詠んで三者三様に思いを込めた和歌が入っている。これらの歌では、下の句の「黒々と槇の樹影のそびえる山」「鴫が飛び去っていく薄闇の沢辺」「何も目をひくもののない寂しい浦の苫屋」の情景が、歌人の心をせつなくさせ、憂いの気持ちを生み出していた。

　だが、正徹は、具体的な風景をあげて秋の夕暮れのもの寂《さび》しさを詠まない。正徹が詠もうとするのは、秋の夕べに身を置けば、どうしようもなく襲ってくるせつない心と、その心につかまれてもがく思いそのものであり、一人で秋の夕暮れを迎えるだれもが同じ気持ちであろうと思う思いである。

　　秋ならぬ幾夕暮を集めても憂きをくらべん方《かた》やなからん（草根集）

　　憂きを知るたが心にもかよふらし一人の上の秋の夕暮（同右）

景物を描写せず、「秋の夕暮」に思いを傾けている彼の歌は、夕暮れの魔力にとらわれたことをひたすらに伝えている。

『正徹物語』によれば、*後小松院《ごこまついん》は、この歌の、命あるかぎり秋の暮色《ぼしょく》にせつない気持ちを持ち続けていくだろうという表現に感動し、大変賞賛したという。永享《えいきょう》元年十月三日の畠山持純《もちずみ》家での六首歌会の作であり、正徹自身、「秋夕《あきのゆうべ》」題では、とてもこれ以上の歌は詠めないと断じている。

出家後に諸国を旅し、自由な詠風の和歌を読み、新古今集に最も多く歌が入る（一一一八―一一九〇）。

＊藤原定家―新古今集時代に活躍した歌人。新古今集、新勅撰集の二つの勅撰集の撰者となり、その詠風は後世に大きな影響を与えた（一一六二―一二四一）。

＊後小松院―第百代の天皇。和歌に熱心で、正徹とも親交があった。院の死後、正徹は東益之と院を追慕する贈答歌を交わしている（一三七七―一四三三）。

05

吹きしほり野分《のわき》をならす夕立《ゆふだち》の風の上《うへ》なる雲よ木《こ》の葉よ

【出典】草根集・一九七四

激しく吹いて草をたわめ、嵐の音をさせ激しく雨を降らす夕立の風、そんな風の上を速いスピードで流れていく黒雲や、風に舞い上がり、散り落ちる天空の木の葉の姿よ。

【語釈】○吹きしほり―強く風が吹いて草をたわめること。○野分―秋から初冬にかけて吹く激しい風。

この歌の眼目《がんもく》は何といっても第五句の「雲よ木の葉よ」である。近代の詩の表現にあるような言い回しであり、例えば『百人一首』の和歌の持つ印象、伝統的な形が整った言い回しでつくられた表現とは全く違って聞こえよう。素直な感情の高ぶりが、二つの言葉を並べてそのまま詠み出される調子は、思いのたけを吐き出すようであまりに強く、他の歌人の和歌にも共有される表現となるには至らなかった。

しかし、正徹の和歌表現に深く学んだ心敬のみは、同様の表現を少なくとも三例、その連歌の中に応用している。この歌と同一の「雲よ木の葉よ」、後朝《きぬぎぬ》の別れの句における「涙よ露よ」*、花の発句《ほっく》での「嵐よ雨よ」*という表現である。いずれの句も、心をつかまれるような感動を起こさせる情景を詠んでおり、心敬も非常に強い表現であることは承知の上で、情景を選んで試みていたふしがある。だが、歌よりもさらに短い連歌の一句の中では、この表現はあまりに強烈であったのか、歌よりもはるかに自由な表現を許容《きょよう》するはずの連歌においても、やはり広まらなかった。

心敬の類似句は、「秋ふけぬ嵐は袖に吹きしきぬ」という前句《まえく》に付けた「月すさまじな雲よ木の葉よ」（心敬僧都百句）。前句の晩秋の光景は、衣《ころも》の袖《そで》もはためく寒々しい地上の様《さま》、風に身を縮ませる世俗《せぞく》の人々の様《さま》である。付句《つけく》では、天空に視点を移し、凍《い》てつくように鋭く光る月と、風に吹き飛ばされていく雲や木の葉を詠みいれた。正徹の歌にある雨の要素をとりのぞき、月を入れ、夜空に焦点をあわせた作りであり、すっきりした統一感もある。正徹の意識を誰よりも深く感じとり、追従《ついじゅう》した心敬ではあるが、正徹の示したモチーフを詠《よ》む技法に、正徹との作風の違いがかいまみえる。

＊涙よ露よ―「涙よ露よかへるさの道」（心玉集・一二八七）。
＊嵐よ雨よ―「さればこそ嵐よ雨よ花のとき」（心玉集・六九八）。

06

身《み》ぞあらぬ秋の日影《ひかげ》の日にそへて弱れば強き槿《あさがほ》の花

【出典】草根集・三八四四

秋の日ざしは日がたつにつれて弱々しくなっていくが、はかないはずの朝顔の花は、日の光が弱まるにつれて、長く咲き、むしろ強くなっていくように見える。だが、この我身は、もはやそんなふうに強くはなれないのだ。

【語釈】○身ぞあらぬ―わが身はそんなふうではない。○秋の日影―秋の日の光。

正徹の代表歌の一つ。題は「槿花《あさがおのはな》」。

暑く日が照りつけていた夏も過ぎ、秋の日差しは日一日と弱々しくなっていく。夏の内は、朝日に照らされれば、すぐにしぼんでしまっていた朝顔《あさがお》の花も、今はやや長目に咲いているように見える。秋の寒さによって、葉やつるに夏の頃の勢いはもはや見られず、その姿には衰えが見られるが、花の命は束《つか》の間《ま》、のびているようである。正徹は、初秋の頃の朝顔の花の束の間の命長さに目をとめ、そこから我身《わがみ》をあらためてふりかえった。

秋の日は、短く暮れやすく、日ざしも、弱くなっていく。また朝顔は、咲いたと思うとすぐに枯れてしまう、はかないものの典型である。いずれも弱く、すぐに消え失せるはずのそんな両者が、一時的に「弱れば強き」と相反《あいはん》する状態になるのが、歌の表現としては珍しくおもしろい。

秋の朝顔のほんの一時の強さに目をとめた正徹は、我身にはもはやそうした生命の輝きを見せる力すらないと感じ、「身ぞあらぬ」と初句《しょく》に言い切っている。このように、初句に自分の感じた強い思いを短くまず置き、その後に説明を付けていくのは、正徹のよくなした詠法《えいほう》である。

だが、朝顔はいずれしぼみ、はかないことに変わりはない。「身ぞあらぬ」と言い切ったその先には、いずれ訪れるであろう死を静かに見据《みす》える視線があるのである。

心敬は、『ささめごと』*において、この歌の初句に、正徹の思考の深さを見、悟りが極《きわ》まった末に詠まれた有心体《うしんてい》の表現であると絶賛している。

＊ささめごと─心敬の主著。至極の歌ということについて定家の歌とこの正徹の歌をあげ、「これらの初めの五文字、まことに人の口を借り侍らむ作者の思ひよるべきにあらず。大方は露寒みなどにても、幽玄至極なるべきに玄妙なり。ひとへに心地修行の歌なり」と述べ、「ささめごと」苔筵本ではこの「心地修行の歌」を「有心体」と呼んでいる。

07

秋の日は糸より弱きささがにの雲のはたてに荻《をぎ》の上風《うはかぜ》

【出典】草根集・一九九五

秋の夕暮れ時、日差しは弱まって糸よりも弱く薄々とさしているばかりで、糸よりもあえかな蜘蛛の糸ならぬ雲は、夕焼けにそまって旗のようにたなびいており、その雲の消えかけた端のあたりにまでも、荻にかすかな葉ずれの音をたてながら、秋風が吹いていく。

永享五年（一四三三）七月十七日の詠で、正徹五十三歳の作。題は「夕荻《ゆうべのおぎ》」。秋の夕暮れ時の、日差しの弱々しさ、荻の上を吹く秋風の寂しさを「糸より弱き」「ささがに」「雲のはたて」と、弱々しいもの、遠くかすかな光景、絶え果てそうなイメージを持つ言葉の重なりなどによって表現しようとした、正徹の渾身《こんしん》の試みを込めた、非常に珍しい歌といえる。

正徹は、既に若い頃「虫声幽《むしのこえかすかなり》」という題の歌に「露霜にあへず＊枯れ行

【語釈】○ささがに―蜘蛛。蜘蛛を小さい蟹に見立てたことからこう呼ぶ。○はたて―端の方。○荻の上風―荻は、ススキに似たイネ科の多年草。荻の葉の上を吹きすぎる秋風。秋の情趣を強く表現するとされる。

く秋草の糸より弱き虫の声かな」と詠んで、この歌の一つの眼目《がんもく》となる「糸より弱き」という言い方を使っている。この虫声の歌では、細くねじれ枯れた草の生気《せいき》のなさと、やっと聞こえるほどのかすかな虫の声の今にも消えそうな様子とを合わせて表現しており、右の荻の歌では、「糸より弱き」を薄く消えゆく日の光の表現に新たに転用した事がわかろう。

「ささがに」は蜘蛛《くも》の別名。蜘蛛の糸をもさす。ここは「ささがにの雲」と同音の「雲」につなぐことで、空の雲に視点がうつり、さらに「雲のはた」(旗)を思わせて、たなびき消えはてる雲のさまにつながっていく。

「荻の上風」は、秋の夕暮れ時のもの悲しい気持ちを誘う定番《ていばん》の景物《けいぶつ》。風が吹きすぎるたびに鳴る荻の葉ずれの音が、それを聞く人の心にこの上ない寂しさ、うら悲しさを呼び起こす。この歌は、荻の葉ずれの音という、第五句のうら寂しいイメージに至るまで、初句からずっと、渺茫《びょうぼう》とした、かそけきものを重ねてつないでいく。それによって、全体として何とも言えずわびしくこわれやすい、はかない秋の夕暮れの印象を醸《かも》し出すことに成功している。

弟子の心敬も、『ささめごと』において、この歌を「*法身《ほっしん》の姿・無師自悟《むしじご》の歌」「*詞《ことば》にはことはりときがたくや」と絶賛している。

*あへず―耐えられず。

*法身の姿・無師自悟の歌―仏の教えの真理がそのまま表現された歌の姿、自ら悟った歌の姿。

*詞にはことはりときがたくや―言葉ではその論理を説明できないほどすばらしい歌であることよ。

08

訪《と》はれねば庭に日《ひ》影《かげ》はさしながら萩《はぎ》の錦《にしき》ぞ暗き夜《よ》の闇《やみ》

【出典】草根集・八一六〇

誰にも訪《たず》ねてもらえないので、この庭に日の光はさしてはいるが、人に見てもらえない美しい萩の花は、まるで暗い夜の闇の錦のようにかいもなく咲いていることだ。

享徳《きょうとく》二年（一四五三）七月二十日に詠まれた「閑庭萩《かんていのはぎ》」題の歌。「閑庭」とは、人の訪ねてこない静かな庭で、そうした庭に秋の気配を見せて咲く萩*を詠んだ歌である。その萩の花が非常に美しく咲き誇っている様《さま》を「萩の錦」と表現した。もともと「花の錦」という、桜の花の咲き誇るさまを錦の織物にたとえた言い方があり、それを「萩の花」に関して応用し、さらに「夜の錦*」という言い方も念頭に置いて歌をつくったのである。

*萩―マメ科の植物で、たわわな枝先に蝶のような形の花を多数つける。秋の七草の一つであり、萩の花は初秋を代表する景。

*夜の錦―「富貴不帰故郷、如衣錦夜行（富貴ニシテ故

「夜の錦」は、錦を着て夜道を行っても、誰も賞賛してくれないことから、見てくれる人もなく、かいがないこと、無益なことを言う。それゆえ、誰も見てくれる人がいないから、昼日中《ひるひなか》であっても、萩の錦はまるで夜の錦のようだともじっているのである。

　こうした詠み方のもじりは、例えば、ちょうど十年後に、心敬が自詠「*宮《みや》城《ぎ》野《の》や夜の錦の色ならぬ小萩が露にやどる月かな」（寛正《かんしょう》四年百首）について、「「夜錦《よるのにしき》」とてあやなき物に申侍《もうしはべ》れども、月ににほへる色は猶艶《なおえん》にみえ侍《はべる》と也」、つまり「夜の錦」といって無意味なものだといいますが、月の光に咲き誇っている様子は、やはり優美なさまにみえます、ということを詠んだのですと説明し、「夜の錦」を使って月に照らされた萩の美しさを強調した歌をうたっている。この心敬の説明を参照すれば、よりわかりやすくなる。

　連歌でも、正徹に和歌を学んだ連歌師*宗砌《そうぜい》が「夜の錦」を用いて句を作っていて、正徹周辺で、「夜の錦」はよく使われている。その中でも、「花の錦」と「夜の錦」とを二つ重ね、昼間の美しさを強調する、理屈っぽい創作表現は、いかにも正徹らしい試みであった。

郷ニ帰ラズンバ、錦ヲ衣《き》テ夜行クガ如シ）」（漢書・項籍伝）を言い習わした「錦を着て夜行く」に基づいた表現。

*宮城野―現在の宮城県仙台市東部にあった野。萩の名所とされた。

*宗砌―十五世紀前半を代表する連歌師。北野社連歌奉行及び宗匠。正徹の和歌を学んだ（？―一四五五）。宗砌の句は「鶏の上毛は夜の錦にて」（宗砌発句并付句抜書・一九三四）というもの。

09

暗き夜《よ》の誰《たれ》に心をあはすらん雲ぞまたたく秋の稲妻《いなづま》

【出典】草根集・一〇九六〇

この暗い夜に、いったい誰と心を通わせて光っているのだろうか。雲がその光にまたたいている、秋の稲妻の様子よ。

題は「秋稲妻《あきのいなずま》」。稲が実る頃に、雲と雲や、雲と地面との間に起こる雷の放電現象のことである。夕暮れ時から夜にかけて見られることが多く、闇を裂いて一瞬のうちに光が走る。遠目《とおめ》には空の一所《ひとところ》がうす明るく点滅《てんめつ》しているのもながめられる。

稲妻は、新古今時代に秋の宵《よい》に田《た》の面《おも》を照らすさまや、野に置く露と同様はかなく消えるさまを詠まれ、次いで、正徹よりも一世紀以上前の京極派歌人たちにより関心が持たれるようになった。中でも伏見院は「*宵の間の村雲《むらくも》づたひ影見えて山の端めぐる秋の稲妻」（*玉葉集《ぎょくようしゅう》）のような秀作を残した。京極派歌人たちは、稲妻の光が暗闇に一瞬走り、雲の端をわずかに照らす様を切り取り、その光線による明暗の交錯《こうさく》を歌に多く表現した。

正徹にも、

山もとの田面《たのも》はるかに風騒ぎ村雲《むらくも》まよふ秋の稲妻（草根集）

暮れわたる山際《やまぎわ》晴れてひとむらの雲に影する秋の稲妻（同右）

など、先行の和歌と同趣《どうしゅ》の稲妻の歌は多い。だが、この歌は稲妻のまたたきを、「誰に心をあはすらん」と*擬人化《ぎじんか》し、その稲妻に答える誰かをも考えている。正徹は、自讃歌《じさんか》である、

わたりかね雲も夕《ゆふべ》を猶たどる跡なき雪の峯の懸橋《かけはし》

に関して、「*雲が跡なき雪を渡りかぬるといふ事はあるまじきなり。されども、無心なるものに、心をつくるが歌のならひなれば」と述べたという。稲妻の歌も、こうした正徹の考えの特徴を表わし、彼が好んだ暗夜《あんや》の物思いへと読者をいざなう。

＊宵の間の……—玉葉集・秋上・六二八。

＊玉葉集—鎌倉時代に編まれた第十四番目の勅撰集。京極派歌人たちの作を多く収める。

＊擬人化—人ではないものを人にみたてる比喩の方法。

＊雲が跡なき……—雲が跡もついていないまっ白な雪をわたれなくて困っているということは、あるはずのないことである。だけれども、心を持たない物に、心を見るのが歌の通常の詠み方であるから（こう詠んでいる）。

10

冬枯《ふゆが》れの庭に音せぬ風冴《さ》えて薄雪《うすゆき》凍る夜半《よは》の月影

【出典】草根集・四一二五

夜更けの冬枯れの庭は、薄く雪が降りつみ凍りついていて、落葉が吹かれる音も聞こえないが、風はしみるように冷たい。そんな夜中に、地表の薄雪が凍るように、空にさえざえと凍りつき、庭を照らしている月の光よ。

寒い冬の夜、家路《いえじ》をたどる途中に、月が空に凍《い》てつくようにかかっているのを見た経験は誰しも持っているだろう。寒さゆえか、冬の空の闇はしんと硬く、月も厳《きび》しい輝きを放っている。月の美しさを詠む歌は枚挙《まいきょ》にいとまがないが、こうした冬の寒い空にかかる月の冷たい美も、「空に凍る月影」といった表現で平安時代から歌に詠まれてきた。

『草根集』には、月の光を「冴《さ》ゆ」「こほり」と形容し、冬の月を詠む歌が

【語釈】○冴え―しみるように冷えること。○薄雪―うっすらと積った雪。藤原定家に「一とせを眺めつくせる朝戸出に薄雪凍る寂しさのはて」（拾遺愚草）という和歌があり、正徹の歌の第四句は、この歌から取っている。

多い。そして、例えば「月のうちに響きのぼると思ふまで霜夜の鐘に影ぞ冴《さ》えゆく」では、天空にさえざえと見える月の光の下、地表近くから響き消えて行く鐘《かね》の音《ね》を詠み、音の先に、冷たく位置する月を見上げている。また「声にさへあらはれけりな澄む月の氷の底の峰の松風」では、天空から氷のような月光がそそがれる下方に、ざわめく峯の松を吹く風のさまを詠む。天上からそそがれる月の光と下界《げかい》の物音の広がり。こうした和歌での正徹は、音の伝わる様子から、月が見下ろす夜の世界の広さをつかまえようとしているかのようである。

提出した歌は、「冬月冴《ふゆのつきさゆ》」という題で詠まれた歌。月の様子を「冴ゆ」という言葉で定めた題を詠むにあたり、冬枯れの庭の薄雪の景を配したところに、正徹の工夫がある。木々の葉はとうに地面に落ち、裸木のみが寒々としたシルエットを落として立つ、冬枯れの夜の庭。うっすらと雪が積もり、風が吹きすさんでも、その雪に閉じられた落葉は動かない。月光が深夜の薄雪の庭の凍《い》てついたさまを照らしているだけの、音もない光景となる。音もない庭だからこそ、ふりそそぐ光の印象はより強くなる。題の「冴ゆ」を音のない地上の様子によって詠もうとした、彼の意欲作であった。

＊月のうちに……――草根集・四二一七。

＊声にさへ……――草根集・四二六四。

11

いくつ寝て春ぞと人に問《と》ひしころ待ち遠《どほ》なりし年《とし》ぞ恋しき

【出典】草根集・四二五七

もういくつ寝たら新春がくるのかと人にたずねたあの頃は、新春がただ待ち遠しかった、そんなかつての年が今となっては恋しいことよ。

年末に、昔を思い返した感慨《かんがい》を詠んだ和歌。歌題「＊歳暮懐旧《としのくれのかいきゅう》」は、年の暮に、昔を思い返すという意味の題である。正徹は「歳暮は除夜となくば、前の日をも読也《よむなり》。」（正徹物語）と言い、「除夜《じょや》」という限定がなければ、大晦日の前日も詠めると考えている。ここも、大晦日と限らないがもうすぐ新年になるという年末のある日の思いである。幼い頃、新年になるのが単純にうれしく待たれた頃と違い、今は新年になれば、また一つ年をとるという

＊歳暮―年の暮、歳末。

ことが脳裏《のうり》に浮かび、新年の到来《とうらい》も複雑な思いで迎えている。正徹は長寿であったが、それだけに晩年の詠草《えいそう》には、老いの嘆きがよくうたわれた。この歌も、遠い昔となった幼い頃を振り返り、はるかに歩み来た老齢の今、新たに老いを重ねていくのかという諦観《ていかん》をにじませている。

指折り数えて新年を待つ、年末の高揚《こうよう》した思いは、子供の頃に誰しも経験したところであり、今に至るまで、「もう幾つ寝るとお正月」（童謡「お正月」）と唱歌《しょうか》に歌われる。この思いは、世にあまねく広がっていたものであろうが、取りあげた歌人は、正徹以外にほとんどいない。

また、年の暮には、誰もが特別に忙《いそが》しく歩き回り、すすを払い、市《いち》の商人から買い入れた門松《かどまつ》を立てなどして立ち働き、大晦日の日には、夜通し松明《たいまつ》をともして走り、歩く。正徹は*「くる春を暮《くれ》やすき日ぞいそぎ行く人のあゆみもただにやはみる」*「家々に払ひつくすをあやにくに空はすすけて落つる雪かな」*「夜もすがら道行く人の松の火にくれかかる年の光をぞ見る」など年末の情景も歌にすくいあげ、積極的に和歌の素材に加えた。こうした歳末の町の忙しい様子は、正徹が愛読した*『徒然草』第十九段にも、類似の描写があり、正徹和歌への『徒然草』の影響も思われるところである。

*くる春を……—草根集・二五四三。「ただにやはみる」は、普通のこととして見るだろうか、いや、特別な様子に見えることよという意。

*家々に……—草根集・四一五一。「あやにくに」は、あいにくのことにという意。

*夜もすがら……—草根集・四一五四。

*徒然草第十九段—「晦月《つごもり》の夜、いたう暗きに、松どもともして、夜中すぐるまで、人の門たたき走りありきて、何事にかあらん、ことごとしくののしりて、足を空にまどふが……」とある。

12

待ちあかす人の寝し夜の枕香《まくらが》にこがるる胸を猶押《なほお》さへつつ

【出典】草根集・四三二五

あの人が寝た夜に枕にしみた香り。その香りにあの人を恋しく思う気持ちが一段と高まるが、それをじっと押さえながら一晩中待ち明かすことよ。

【語釈】○枕香—枕にしみ移った香。

なかなか訪れてくれない恋人の来訪《らいほう》を待つ女性の立場の歌。待ちわびても、恋人の訪れがかなわない状況を詠むのが「待恋《まつこい》」題であり、男性歌人は、女性になりかわって、女性の気持ちで和歌を詠むことになる。この題は、十四世紀に入ると多く詠まれるようになり、特に正徹は、「待恋」に状況や、心情、時刻を加えた「忍《しのびて》待恋」、「不憑《たのまず》待恋」「夕《ゆふべに》待恋」などを詠み、この題の裾野《すその》を広げた。

さらに、「枕香《まくらが》」という言葉は、古く『万葉集』から見られるが、この言葉は、『万葉集』*においては、「麻久良我《まくらが》」と書かれ、「許我《こが》」という地名にかかる、意味の実体《じったい》のはっきりしない言葉であった。この言葉に、恋人との現実にあった逢瀬《おうせ》のなごりの匂いという、生々しい実体を与えて使用し、地名であった「許我《こが》」を「枕香」に関連してせきあげてくる感情の表現である「こがるる」に変えて、「枕香」を用いた歌を大きく生まれかわらせたのは、正徹なのである。

自由な表現が使われると思いがちな連歌においても、「枕香」は少ない。まれに見られても、地名「こが」も「こがるる」の掛詞《かけことば》として使うのは、一句が短く、付合《つけあい》を複数人で作り上げるのが原則の連歌《れんが》ではとても無理であった。正広《しょうこう》*も、「わが思ひさていつまでぞ枕香のこがるる胸を夜はおさへて」（松下集）と詠むが、師正徹のモチーフの模倣《もほう》の域を出ていなかった。

さらに正徹は、旅枕《たびまくら》という発想から「枕香」をとらえて、「こが」を舟を*「漕ぐ」ことに詠み変えたり、「枕上時雨《まくらのうえのしぐれ》」題で、「こが」を時雨を降らす*寒い「木がらし」に詠み変えたりもしている。こうした自在な言葉のずらしは、正徹和歌の大きな特徴であり、彼の独擅場《どくせんじょう》であった。

*万葉集に—「麻久良我《まくらが》の許我《こが》の渡りのから梶の音高しもな寝なへ児ゆへに」（麻久《まく》良我《らが》の許我《こが》の渡しのから梶のように、噂が音高くとどろきわたるよ、寝てもいないあの娘とのことで）という和歌がある（巻十五・三五五五）。

*正広—正徹の一番弟子である歌僧。正徹の招月庵を継ぎ、正徹の家集『草根集』を編纂《へんさん》した（一四一二—一四九三）。

*舟を「漕ぐ」ことに—「海士小舟こがのわたりの横雲に誰が枕香の行末とふらむ」（草根集・五〇〇八）。

*時雨を降らす寒い「木がらし」—「枕香のこがらし吹きて窓うつや渡らぬ浪の時雨なるらん」（草根集・四一六二）。

13

草も木も面影《おもかげ》ならぬ色ぞなき憂《う》き後朝《きぬぎぬ》の東雲《しののめ》の道

【出典】草根集・四三二八

道すがら見る草も木も、たった今別れてきたあの人の面影を思う、その嘆きの思いの色に染められていないものはない。身が切られるようにつらい思いでたどる後朝の明け方の道よ。

後朝《きぬぎぬ》のつらさは、古来数多くの和歌に詠まれてきたが、その中でもこの歌は、ぬきんでてつよく人の心を打つ名歌《めいか》であろう。

やっと恋人に会えたのに、すぐに夜は明け、別れの時はやってくる。まだ別れたくないのに別れねばならない、そのつらさを歌う「別恋《わかるるこい》」題の歌。今別れてきたばかりのあの人の姿や声、しぐさを思いながらうつろな気持ちで歩めば、次第にしらんでくる薄明かりの中の草や木は、あの人の面影《おもかげ》と重

【語釈】○後朝—女性のもとに男性が通い夜をすごし、別れて帰る翌朝のこと。○東雲—明け方だが、まだ完全には明けやらぬ頃。後朝の別れの時刻。

なって、その向こうに染まって見える。

『源氏物語』帚木《ははきぎ》巻で、光源氏は、人妻である空蟬《うつせみ》とかりそめの逢瀬《おうせ》を持ち、身分も立場もひどく違うのに、どうしようもなく彼女にひかれる。二度とは会えないであろうと、胸が痛むほど苦しく思いながら別れた後朝。

月は有明*にて光をさまれるものから、影さやかに見えて、なかなかをかしきあけぼののなり。何心《なにごころ》なき空のけしきも、ただ見る人から、艶《えん》にもすごくも見ゆるなりけり。

月は有明で、光は弱くなっているものの、月影ははっきりと見えて、かえって情趣《じょうしゅ》のある曙《あけぼの》である。心などない空の様子も、それを見る人の気持ち一つで、ほのぼのと美しくも、ぞっとするようにも見えるものであった、というような意味。中世の王朝物語や『徒然草』百四段などの、後朝の別れのイメージの源泉となった名場面であるが、正徹の歌は、ここに述べられた、「見る人から」のあたりの景色を、切《せつ》にとらえあますところない。

後に、心敬は「涙の露ぞ消えがてに置く」という前句に「草も木も思ひの色のきぬぎぬに」という句を付けた。『竹林抄《ちくりんしょう》』*に入ったこの句から、後代の連歌師たちも正徹のこの歌を思い浮かべ、味わったのである。

*有明―夜明け方になっても空に残っている月。陰暦の十六夜以後の月の時である。

*竹林抄に入った―竹林抄は宗祇が編纂した連歌撰集。宗祇の師匠筋にあたる七人の連歌師の句を集めている。この付合の大意は、後朝の別れの時に、目に映る草も木も、嘆きの色に染まり色づいている。その草木の上に、もはや涸れはてた涙の露が消え消えに置いて、歎きの色を一段と濃くしている。竹林抄聞書・竹聞等の竹林抄の古注釈書が正徹歌を説明にあげる。

14

夕まぐれそれかと見えし面影《おもかげ》の霞むぞ形見《かたみ》有明《ありあけ》の月

【出典】正徹物語

夕暮れ時に思いがけず見かけた人を、この人こそは私の恋しい人かと思い、心にとめて、一晩中慕《した》わしく思い続けた。暁の空にほのかに残る有明の月を見て、その恋しい面影を思い出せば、もはやぼんやりとしてしまっていて。

ぼんやりと薄暗く霞《かす》んでみえる春の夕暮れ時、ふと見かけた面影に、止めようもなく恋が始まっていくこともある。『源氏物語』における光源氏と紫《むらさき》の上《うえ》の出会いもそうした春の夕べの出来事であった。

光源氏が、*北山《きたやま》の寺で生涯の妻となる紫の上を垣間見《かいまみ》したのは、春の霞んだ夕暮時であった。彼は紫の上に夢中になり、早くも翌朝には彼女の後見役《こうけんやく》である祖母の尼君に「ゆふまぐれほのかに花の色を見てけさは霞の立ちぞわ

【語釈】○夕まぐれ―夕暮れ時の薄暗がりで、はっきり物が見えないさま。

*北山―京都の北方の山。

づらふ」と歌を贈る。紫の上を見かけてこの北山から立ち去りがたくなったと慕情《ぼじょう》を訴えたのであった。その後、この情熱もさめやらぬままに、紫の上を強引に手元にひきとり、生涯にわたり伴侶《はんりょ》とするのである。

正徹の歌では、春の夕べの恋心の柔かなつかみどころのなさは、第四句「霞むぞ形見」によって明け方の慕情へとつながっていく。有明《ありあけ》の月の残る頃は、うす明るい曙《あけぼの》の時であり、春の曙のかすかな光の中、おぼろな面影だけをたよりに、心に広がる恋しさを切に求め続けている。渺茫《びょうぼう》とした光景と思いとの重なりは、正徹にとっては言いようもなく幽玄《ゆうげん》なものであった。

『源氏物語』には、匂宮《におうのみや》と薫《かおる》という二人の貴公子に愛され、どちらを選ぶこともできずに追いつめられて、入水《じゅすい》自殺をはかった浮舟《うきふね》というヒロインがいる。彼女は死にきれずに助けられ、出家《しゅっけ》することとなるが、出家の後に詠んだ次のような和歌がある。

袖ふれし*人こそみえね花の香のそれかとにほふ春の曙

今となってはなつかしい、かつて自分を愛してくれた人、その人の思い出の袖の香をかぐわしい紅梅《こうばい》の香に重ね、曙の光の中、会えない面影を求める、そんな浮舟の和歌も思い浮かべ、正徹はこの歌を作ったのであった。

＊袖ふれし……―手習巻。よい香りの梅の花に袖を触れて匂いをうつしたあの人の姿はもう見えないけれど、花の香が、もしやあの人が来てくださったのだろうかと思わせるほどに濃厚にたちこめる春のあけぼのであることよ。

15

暗き夜《よ》の窓うつ雨にわが心沈《しづ》めば浮かぶ世《よ》世《よ》の古事《ふるごと》

【出典】草根集・五〇八七

夜の闇の中、窓を打つ雨音がしている。その音を聞くにつれ、孤独な私の気持ちは闇に暗く沈んでいき、その闇の中から、昔のあの時この時の思い出がよみがえり浮かんでくるのだ。

古来、雨の夜は人に物を思わせた。雨の夜の情景をうたう漢詩にも名詩が多く残る。この歌で正徹が用いた「暗き夜の窓うつ雨」も、そうした漢詩の一節から想《そう》を得た表現。『*和漢朗詠集《わかんろうえいしゅう》』「秋夜」に入る「*耿耿《こうこう》タル残灯ノ壁ニ背《そむ》ケル影　蕭蕭《しょうしょう》タル暗キ雨ノ窓ヲ打ツ声」（白居易《はくきょい》）から語句を借りて詠んでいる。元々は『*白氏文集《はくしもんじゅう》』にある、その美貌から後宮《こうきゅう》にあがったものの、皇帝の寵愛《ちょうあい》を得られず、上陽宮《じょうようきゅう》に寂しく年月をおくり、むなしく年老

*和漢朗詠集―十一世紀初頭に、漢詩の秀句と和歌の名歌を題ごとに集め、公的な場所での朗詠に利するようにつくられた作品集（アンソロジー）。藤原公任《きんとう》撰。以後の社会において、和歌、漢詩の基礎教養の書として重んじられ、広く流通

いていった宮女（上陽白髪人《じょうようはくはつじん》）をうたった漢詩の一節である。
そして、上陽白髪人の甲斐《かい》なくつらい生活を思わせる表現を使った後に、正徹は自らの心情を描き出していく。この歌は、『草根集』の中では年代不記の巻に入っており、詠んだ時期は不明であるが、例えば宝徳《ほうとく》元年、正徹六十九歳の詠《えい》では、

*降る雨の底の心に友は皆あるも昔の暗き面影
（宝徳元年四月十一日詠・夜雨）

*雨ぞ憂《う》きこまかに世世の古事も面影うかぶ閨のたもとに
（宝徳元年六月六日詠・雨中懐旧）

と、昔の友の面影、さまざまな思い出が雨に去来《きょらい》する心情を読んでいる。が、「暗き面影」「憂き」と、思い出は必ずしも楽しいものではないようである。夜の雨の音の中、部屋に一人ある孤独が、古い友達との昔の思い出を、たとえそれがどんなものであっても、まざまざとよびおこすのであった。
「沈めば浮かぶ」という対立的な語句を用い、ただ雨の音のみが聞こえる暗闇に沈潜《ちんせん》していく我が身と、その暗闇から浮かび上がってくるような、薄暗いイメージの、古い昔の思い出を巧《たく》みに描きだしている。

した。
＊耿耿タル…—かすかな灯火の残り火に照らされ、影が背後の壁に大きく映っている。さびしげに降り注ぐ闇夜の雨が、音を立てて窓を打っている。
＊白氏文集—中国唐代の詩人白居易による詩文集。平安時代に伝わり、日本文学に多大な影響を与えた。
＊降る雨の…—草根集・五六二六。
＊雨ぞ憂き…—草根集・五七五一。

16

泡《あわ》と消えぬ興《おき》津《つ》潮《しほ》あひに浮かび出づる鐘《かね》の岬《みさき》の夕暮れの声

【出典】草根集・七三六六

鐘の岬の沖の方、潮の流れがぶつかり合う所に浮かび出たそんな泡のように、はかなくどこかに消えていったことよ。夕闇迫る鐘の岬の沖合に、響きわたっていく鐘の声は。

【語釈】○興津潮あひ―沖の方で、潮流が満ち合う場所。流れがぶつかって止まる場所ゆえに、そこには泡が生まれて漂う。○鐘の岬―筑前国の歌枕。現在の福岡県宗像市鐘崎の岬。

寺院で時を知らせるためについていた鐘の音は、人々の生活に密着して、聞いた者の心にさまざまな感情を生み出してきた。中でも、夕暮れ時の鐘の音は、一日が終わることを知らせる特別な意味を持っている。鐘の音と共に一日が終われば、闇がたれこめてきて、世界が一変していく。鐘の鳴る薄暮《はくぼ》の時間帯は、目に見えていた景物が闇に埋もれていき、残っていた音も闇の中に消えていく、視覚的にも聴覚的にも印象深い時間帯であった。それゆえ、夕べの鐘は、*多くの和歌の題材となってきている。正徹も、こうした夕暮れ時の鐘の音に、とりわけ関心を抱いていた歌人であった。

彼の和歌は、鐘の声を注意深く聞いてつくられている。例えば、この歌と同じ「鐘声何方《かねのこえいづこ》」題では、

*まよひきてあまたと聞けば山風の送り送らぬ鐘の声かな

と、風に運ばれる鐘の音色の響き合い、重なりを詠みいれ、「旅行夕鐘《たびゆくゆふべのかね》」題では、

*峰越ゆる袖の下よりつき出だす鐘や千里《ちさと》の暮《くれ》おほふらん

と、「つき出だす」「暮おほふ」と低く広がっていく鐘の音が表現され、山越《やまご》えの旅人が、闇につつまれてきた山に伝わって行く鐘の音を、眼下《がんか》に聞いていることがはっきりと感じられる詠み方となっている。彼は、風にのる音の伝わりの強さや高さ、ゆらぎも、聞いたままに表現しようとしていた。

この歌は、海にひびき消えて行く鐘の音を泡にたとえ、珍しい。水の泡のはかなさは『*方丈記《ほうじょうき》』でおなじみであり、その泡のようにはかなく消えるものは、人の命が思われてきたのだが、正徹は鐘声《しょうせい》のゆらぎ消えるさまと結びつけたのである。

*多くの和歌の題材—例えば「山寺の入相の鐘の声ごとに今日も暮れぬと聞くぞ悲しき」（拾遺集・哀傷・一三二九・詠み人しらず）。

*まよひきて……—草根集・七八二七。

*峰越ゆる……—草根集・一〇一一六。

*方丈記—建暦二年（一二一二）、鴨長明によって著された無常観を主題とする随筆。徒然草と並ぶ中世の代表的な随筆。

17

村雨《むらさめ》の古江《ふるえ》をよそに飛ぶ鷺《さぎ》の跡まで白きおもだかの花

【出典】草根集・八五八四

ひとしきり村雨が降るひなびた入江から離れ、雨の中をすうっと飛んで行く鷺、その白い姿が消え去った後までも水辺に白く残るおもだかの花よ。

享徳三年（一四五四）六月十八日、明栄寺という寺での月次《つきなみ》歌会において、「江雨鷺飛《えのあめにさぎとぶ》」という題で詠まれた歌。正徹七十四歳の時の詠である。

鷺《さぎ》は、川辺や沼に生息しており、田の面で魚をあさる姿、すんなりとした立ち姿、水平に飛び行く姿などが見られる。現在でも、京都の鴨川《かもがわ》に鷺の姿は珍しくない。だが、歌題としては、関心を持って勅撰集《ちよくせんしゆう》に取り上げられるのは、十四世紀になった『玉葉集』、『*風雅集《ふうがしゆう》』の頃からである。それ以

【語釈】○村雨―ひとしきり降るにわか雨。○よそに―無関係に。○おもだか―池や沼に自生するおもだか科の多年草。水の中から長い茎をのばし、三角形のやじりのような葉を持ち、夏に三弁の白い三cmほどの花をつける。

前は、むしろ「*蒼茫タル霧雨ノ霽《は》レノ初メ　寒汀《かんてい》ニ鷺立テリ」（和漢朗詠集）など、漢詩に見られた。

　おもだかは、水辺に自生するクワイに似た草で、夏季《かき》には三弁の白い花を咲かせる。歌の題材としてはめったに使われない。

　正徹は、降る雨を受けながら飛ぶ鷺の姿を、静かな薄墨色《うすずみいろ》の濃淡《のうたん》の世界のうちに描き、加えて、おもだかの花を詠むことでさらに新鮮な世界をつくりだした。歌中、「古江」の「古」は雨が「降る」ことを掛《か》け、「白き」は、雨中を飛ぶ鷺の姿とおもだかの花の双方《そうほう》を表現する。いずれの言葉の掛けも巧みで、古江と雨との重なりから、風景は薄暗い淡彩《たんさい》の中に深く沈みこんでいく。幻影のように残る白い鷺の飛跡《ひせき》と、水際の白い花の存在とが「白き」によってむすばれ、遠く鷺にとらわれていた心は、われにかえったかのように花の白い明るさに呼びこまれていく。『*風雅集』の春歌《はるうた》にとられた「*おもだかや下葉にまじるかきつばた花踏み分けてあさる白鷺」（藤原定家）が、正徹歌に影響していようが、定家の歌は、紫の杜若《かきつばた》の花と白鷺とがモチーフであった。おもだかの花を詠み込んだ正徹の歌の、静謐《せいひつ》な中にもみずみずしい印象は目をみはるものがある。

*風雅集―十四世紀半ばに編まれた第十七番目の勅撰集。玉葉集と共に京極派歌人の詠を多くおさめる。

*蒼茫タル…―和漢朗詠集。ほの暗く、霧が立ちこめ雨にけぶっていたのが、晴れてきたので見れば、寒々とした汀には鷺が立っており、ものさびしい景色である。

*おもだかや…―おもだかが繁る、その下葉にまじって紫のかきつばたの花が咲いている。その花を踏み分け、餌をあさる白鷺よ（風雅集・春下・二六一・藤原定家）。

18

散らすなよ老《お》い木の柞《ははそ》今一目会《め》ひみんまでの露の秋風

【出典】草根集・一五六八

露をもたらす冷え冷えとした秋風よ、私がもう一度見るまでは、色づいた葉を吹き散らしてくれるなよ、もう老木となった柞なのだから。私がもう一度会うまでは、年をとってしまった母の命を縮めてくれるなよ。

【左注】この歌は、山城多賀といふ所に、老いたる母の事なり。

正徹の出身地や出自《しゆつじ》はよくわからない部分があり、通説では、備中国《びつちゆうのくに》（岡山県）小田庄《おだのしよう》の城主小田氏の一族の出となっている。父は、正徹が奈良の門跡《もんぜき》に奉公していた応永《おうえい》七年（一四〇〇）になくなっており、その年、正徹は二十歳であった。

母との関わりはよくわからないが、『草根集』によれば、この歌は永享《えいきよう》二年（一四三〇）九月十三日の詠で、この時、母は山城国《やましろのくに》多賀《たが》に住んでいたことが知られる。正徹は五十歳。『草根集』では、この後、永享四年に、八十歳にもなる母を、山城国多賀に住まわせていてめったに会いにいかないが、雪が降った今日はどんなに寂しかろうと思い、歌を送ったという記事があり、その四年後の永享九年四月一日にも、老母のいる山里を訪ね、ほととぎすの声を二人で聞いている（永享九年詠草）。後に『草根集』嘉吉《かきつ》二年（一四四二）の条には、母の喪《も》に服している記述があるので、嘉吉二年頃に九十歳前後で亡くなったようである。

この歌の題は「柞紅葉《ははそのもみじ》」であり、「柞《ははそ》」には「母ぞ」を掛ける。柞は、クヌギやコナラなどのブナ科の落葉樹の呼び名。「時＊ならで柞の紅葉散りにけりいかに木《こ》のもと寂しかるらん」（拾遺集《しゅういしゅう》・村上天皇）のように、「柞」を母、「木」を子と掛けて和歌をつくる事が多かった。露にあえば紅葉し、その後には葉が散ってしまう。そうした性質を生かして詠んでいる。

「散らすなよ」とまず初句で強く呼びかけ、「老い木の柞（母ぞ）」と呼びかけの理由を第二、三句で押さえる。多用で会いに行けないが、長く離れていても、変わらず自分を思っていてくれるであろう母、そんな母にはいつまでも元気でいてほしい。正徹の心の思いがストレートに汲《く》み取れる歌である。

＊時ならで……まだそんな時期でもないのに、柞の紅葉は散ってしまった。どれほど木の下は寂しくなったであろう。柞の紅葉によせて、死んでしまった母に対する子供の寂しさを思いやった歌。

19

ふけにけり流るる月も川波《かはなみ》も清洲《きよす》に澄める短夜《みぢかよ》の空

【出典】なぐさめ草

川面に映って流れる月も川の波も、この清洲では清らかに澄んでいて、夏の短夜の空はすっかりふけてしまったことだ。

正徹は応永二十五年（一四一八）、三十八歳の時に、京都を出発し、近江、美濃をへて尾張国《おわりのくに》黒田の里、清洲《きよす》に滞在した。彼はこの旅を、紀行文《きこうぶん》『なぐさめ草』に記している。旅の名所を和歌に依《よ》りつつたどる、伝統的な紀行文の形態をとりながらも、『源氏物語』との語句の類似がそこここに見られ、旅先で『源氏物語』の専門家として講義を行った正徹らしい作品である。

この紀行文の中で、何といっても人目を引くのは、ある旅の童形《どうぎょう》*によせ

【語釈】○清洲—現在の愛知県清須市。

＊童形—髪を長くたらした剃髪前の姿の稚児。学問を教

た正徹の恋心であろう。僧《そう》がうら若い童形に恋をし、男性同士で恋仲《こいなか》になることは、男性のみの集団生活の場である寺院においては、ごくあたりまえのことであり、中世の文学作品には、男女の恋の物語同様に、寺院での男同士の恋を扱ったものがある。『なぐさめ草』もそうした記述があり、童形への恋の思いが縷々《るる》語られる点は、かなり異色な作品であった。

清洲滞在中の正徹は、館に来合わせた旅の美少年を覗《のぞ》き見《み》し、心をときめかせる。そして、少年は、正徹の『源氏物語』の談義《だんぎ》に参加し、教えを乞《こ》うことで次第に正徹と親密になっていった。『なぐさめ草』は、自らの恋の進展の様子を、『源氏物語』で光源氏が紫の上を見いだす際の描写を念頭《ねんとう》に置き、それを真似《まね》て記しているふしが見られ、相手が同性であろうとも、彼の思いは真実であった。だが、少年は心変わりし、越《こし》*の国へ旅立つ。正徹の短い恋ははかなく終わった。

この歌は、旧暦五月頃のある夜に、その少年と二人、川べりで月見をしながら詠んだ歌。「流るる月」が涼やかな表現であるのに加え、「清し」を掛けた地名の「清洲」も効果的で、夏の夜の清涼《せいりょう》な印象をよく汲んだ和歌となっている。

わりながら僧に仕えた貴族や武家の少年。成長後は、寺にとどまり僧になるか、寺を出て元服するかした。

*越の国—北陸地方の古称。

20

降る雨に折《を》りける袖《そで》の白露《しらつゆ》や花に残りて猶《なほ》匂ふらん

【出典】草根集・一四三八

降る雨の中、桜の花を手折ってくださったあなたの袖に置いた白露が、花に残ってまだ趣き深く匂っているのでしょうか。あなたがいつも袖にたきしめている香なのでしょうか、とてもすばらしい香りの露がのせてありましたね。

永享《えいきょう》二年（一四三〇）三月十七日、*北野天満宮の松梅院《しょうばいいん》に住む女性へ送った和歌。永享年間（一四二九―一四四一）の正徹は、五十代で、*一条兼良《いちじょうかねら》などの公家《くげ》や、畠山、細川、一色、武田氏といった有力武士たちの家で開かれる歌会《うたかい》に数多く出席し、忙しくとびまわっていた。そんな彼の交友相手といえば、公家、武家をはじめ僧仲間や和歌の門弟《もんてい》たちなど男ばかりである。女性との交際はほとんどなく、ここで和歌を贈答している北野松梅院の女性などは大変

【詞書】97頁参照。

*北野天満宮の松梅院―北野天満宮（現京都市上京区馬喰町）に奉仕する院家。

*一条兼良―室町時代の公家。摂政、関白を歴任し、古典学者、有職《ゆうそく》学者としても名高く、源氏物語の注釈書な

珍しい相手なのであった。

桜の季節になっても、あいにくの風雨に花見に行けないでいる正徹のもとに、北野松梅院の女性から*島破子《しまわりご》に入った八重桜が届けられる。その桜の花びらを見れば、花に置く露とみえたのは、薄く箔押《はくお》しした香り高い香《こう》であり、香の粒を露に見立てて花に散らした趣向《しゅこう》をこらした贈り物であった。女性の心づかいとしゃれた趣向に、正徹が讃嘆《さんたん》の念を込めて贈った歌である。

正徹の所にたまたまいた客たちも、花の露をほめそやし、おおいに興《きょう》じた。そのことも正徹が言い送ったところ、来客の折もわきまえず、正徹の客にまでこんな無作法なものを見せてしまってと、女性からはまた謙遜《けんそん》した返事が返り、細やかな交際ぶりである。

また、この年の*八月十五夜は、月食《げっしょく》であった。一人月を見る正徹へ、やはり松梅院の女性から、手紙と月食に落胆《らくたん》した気持ちを詠む歌が届けられる。このように、花や月の時に、心づかいが届けられるのは、風雅を愛《め》でる気持ちを共有したい思いからであろう。この松梅院の女性の年齢などは不明だが、彼女は、正徹に和歌の添削《てんさく》も頼んでおり、正徹の歌の弟子として、敬《けい》愛《あい》の念を伝える交際がしばらく続いたようである。

ど多くの著書がある（一四〇二—一四八一）。

*島破子—縞模様のある、食べ物などを入れる木製のふた付き容器。

*八月十五夜—旧暦の八月十五日の月は仲秋の名月としてめでられる。草根集・一三五〇に「十五夜は草庵に一人眺め明かし侍るに、月食とか聞きしかども、宵の間の雲の紛れはいかがありけむ、やうやう更くるより雲も障らず、明くるまで面白かりしに…」とある。そこへこの女性から歌が届けられている。

21

今日見ればは杜《もり》の木《こ》の葉のちりぢりになりて人なき野辺《のべ》の冬枯《ふゆが》れ

【出典】草根集・一六〇六

今日になって見てみれば、森の木の葉はそこここで散りはてて、木の葉と同様、今までいた人たちもちりぢりになっていて、もう誰もいない野原の冬枯れのさまであることよ。

永享二年（一四三〇）の十月、正徹は、北野松梅院の女性に「法のむしろ」と題した小随筆を書き与えた。盛大な北野の御誦経《みずきょう》の終了翌朝、閑散《かんさん》とした周囲のありさまを見て催《もよお》した感慨を記したもので、漢文の対句《ついく》を模《も》した歯切れよい文章に和歌を添えた作品。『草根集』のこの歌の前書から始まり、十首の歌をまじえて綴られている。「法のむしろ」という題は、一六一六の歌の前書に見える。

【前書】97頁に別掲。この北野の御誦経に出席したことや、「法のむしろ」を綴った経緯は、一六〇四、一六〇五の松梅院の女性との贈答から始まっている。

北野の御誦経に集まった人たちは、一夜明ければもう誰もいない。朝霧の立つ枯れ野原に一人たたずめば、御堂《みどう》には塵《ちり》が舞うばかり。昨日の繁栄は今日はもはやなく、出会いがあれば別れがあり、生まれた命もいつかは死ぬものなのだと、世の中のさだめをあらためてかみしめる。心中《しんちゅう》の思いは、「法のむしろ」の文章に書きしるし、歌には、そうした思いを起こさせる眼前《がんぜん》の景、松を鳴らす木枯らしに木の葉が散る様子を詠んでいる。

正徹は、永享元年（一四二九）に『徒然草』を一見、非常に感動して、その年の十二月に筆写《ひっしゃ》したことがわかっている。「法のむしろ」はそれから一年もたたないうちの著作であり、内容には、*『徒然草』百三十七段にある、にぎやかな葵祭《あおいまつり》の終わった後の寂しさに兼好が感じた感慨を思わせる箇所がある。また、「法のむしろ」には、「軒を並べ、垣を争ひし住処《すみか》」もその主も「いづちとも知らずなりゆくためし」と、住居も人もはかなく消え失せてしまうさだめなのだという内容があるが、これなどは『方丈記』の冒頭近くにも類似表現がある。正徹はいずれも読んでいたのであろう。

自身の年齢は五十歳、この時代においては、既に十分に老齢であり、明日をも知れぬ命をかみしめる正徹であった。

＊徒然草百三十七段―「花は盛りに、月は隈なきをのみ見るものかは」で始める下巻冒頭の一段。後半、葵祭の終わった後、「暮るる程には、立て並べつる車ども、所なく並み居つる人も、何方へか行き帰るらむ、程なく稀になりて…目の前に寂しげになりゆくこそ、世の例も思ひ知られて哀れなれ。」とある。

22

わたりかね雲も夕べをなほたどる跡《あと》なき雪の峰《みね》のかけはし

【出典】正徹物語上・草根集・三九八七

踏んだ足跡もなくて、どこをわたってよいかわからない雪の峰の懸橋だから、雲はその橋を渡りかねて、夕暮れの中をまださまよっていることよ。

正徹の「暮山雪《ぼざんのゆき》」題における自讃《*じさん》の歌。『正徹物語』の自注によれば、「わたりかね」は、雲がわたれず困っているというようなことは本当はないのだけれど、あえて雲の困惑《こんわく》を表現した「わたりかね」を使った。峯の懸橋《かけはし》のあたりは一面雪でまっ白になり、夕暮れ時になったこともわからないし、人の足跡《そくせき》も見えずどこをわたったらよいかもわからない。そんなふうだから、空をわたる雲も、懸橋をわたりあぐねているように見えるとした。「跡

【正徹物語本文】98頁参照。

【語釈】○かけはし―崖などのけわしい山道に板をかけわたしてつくった橋。

*自讃の歌―歌の作者が、自分の和歌の中で最もよいと考え、高く評価している歌のこと。

なき雪」に関しては、雪で人の通った跡もないのなら、「雪に跡なき」と言えばいいと思われるかもしれないが、そうではない。雲が懸橋をわたれないでいるのだから、雲のたどる足跡もないし、人跡もない雪の上でもある。両方を兼ね備えた言い方として、「跡なき雪の」と言ったのだとする。

弟子の正広《しょうこう》も同題で、「*生駒山《いこまやま》はれゆく雪の上越して夕暮れたどる峯の浮雲」（松下集）と詠むが、雲の視点に立った詠み方の深さは到底《とうてい》正徹に及ばない。

また一方、正徹は同じ『正徹物語』の中で、この歌のような歌い方を行雲《こううん》廻雪体《かいせつてい》と呼んでいる。光が薄れてきた夕暮れの空、空との境《さかい》もわからないような見わたす限りの雪が白く照り映《て は》えている峯、その上にかかっている夕暮れ時の白雲と、微妙に混じり合い、境目もわからない白い情景を詠み、雪の峯のおぼつかない暮色の微妙さを、奥深く含んだところのあるものと見て、言葉の表面にあらわれてこない含意《がんい》がある歌即ち「言ひのこしたるやうなる」歌とした。このような、物柔らかな中に言葉で表現されない内容がある歌を、正徹は、別に幽玄《ゆうげん》と見なしてもいるが、それは次項で見よう。

*生駒山—現在の奈良県生駒市にある山。奈良県と大阪府の境に位置し、交通の要所である。

23

咲けば散る夜《よ》の間《ま》の花の夢のうちにやがてまぎれぬ峰《みね》の白雲《しらくも》

【出典】正徹物語下・草根集・三〇九八

咲いたと思えば、夜の内にもう散ってしまうほどはかない桜の花、昨日の花は白雲かと思うほどの盛りであったのだが、一夜が開けてみれば、今朝は夢のように既に散って、今朝の峰にかかる白雲は花とみまごうべくもない。

【詞書】落花（「落花」題で、）

正徹自讃の幽玄体《ゆうげんてい》の歌である。彼のいう幽玄美とは、とらえどころがなく、はかなくゆれ動く意味の重なりを持ったものであったようで、この歌も渺茫《びょうぼう》としたおぼろで物柔らかな風情《ふぜい》につつまれているような歌である。

正徹の歌の眼目となる語句「夢にうちにやがてまぎれぬ」は、『源氏物語』の歌「見ても又逢ふ夜まれなる夢のうちにやがてまぎるる我が身ともがな」（光源氏）を本歌《ほんか》とする。光源氏は、心の底からあこがれつづけていた父帝

＊幽玄体—和歌の美的様態を表現する用語。俊成の頃から使われ始め、上品で奥深い最高の美として中世に賞揚された。正徹はなんともいえず優美で物柔らかな奥深い美としてとらえている。

の妃藤壺《ふじつぼ》の女御《にょうご》と、ただ一度だけの逢瀬《おうせ》を持つことができ、この夢のような幸せな逢瀬のうちに、夢とまぎれて我が身も消えてしまいたいと心の底から願った。その渾身《こんしん》の思いのたけを込めた和歌の言葉のエッセンスをくみとって詠んだのだと正徹は言う。

光源氏の和歌の、「夢」という言葉の中に込められた、はかない逢瀬の刹那《せつな》の甘美な幸せと、別れと共に源氏をさいなむ身も細るような慕情《ぼじょう》。それを、花の盛りの美に包まれる甘やかさと、散りはてた花に対しての喪失《そうしつ》感に投影《とうえい》して匂わせている。「咲けば散る」「夜の間」「夢のうち」と言葉を重ねることで、一夜のうちに散る桜のはかなさをきわだたせ、「峰の白雲」に、夢が消えた後の新たな朝の遠山《とおやま》の姿を描いた。

正徹は幽玄とは全く異なる種類の美の一例として、雲もなく晴れた夜空の月のくっきりと美しいさまをあげている。満開の桜、くまなく照る名月のみを賛美する思いを狭量《きょうりょう》と非難した『徒然草』百三十七段の冒頭の記述「花は盛りに、月は隈《くま》なきをのみ見るものかは」を、正徹が賞賛していることが思いあわせられよう。

【補説】正徹は『正徹物語』下の中に次のように述べている。

幽玄体の歌なり。幽玄と云ふ物は、心にありて言葉に言はれぬものなり。月に薄雲のおほひたるや、山の紅葉に秋の霧のかゝれる風情を、幽玄の姿とするなり。これはいづくが幽玄ぞと問ふにも、いづくと言ひがたきなり。それを心得ぬ人は、月はきらきらと晴れて、あまねき空にあるこそ面白けれと言はん道理なり。幽玄といふは、さらにいづくが面白しとも、妙なりとも言はれぬところなり。

01

深き夜《よ》の月に四《よつ》の緒《を》澄める江《え》もしかじ難波《なには》の春のあけぼの

【出典】文明二年芝草句内岩橋・下

深夜、清らかに澄む月の光の下で、切々たる琵琶《びわ》の澄み切った音色《ねいろ》が流れた、あの潯陽江《じんようこう》の一夜のさまも、この難波江の春の曙のありさまにくらべたら及ぶものではないよ。難波の入江の春の曙ほど心うたれるすばらしい景色はどこにもないのだ。

【語釈】○四の緒―琵琶。

「江春曙《えのはるのあけぼの》」題の歌。ここで心敬が詠む入江《いりえ》は、摂津国難波《なにわ》の入江、今の大阪府にある、淀川《よどがわ》の河口のあたりである。難波の入江は、その春の景を、*能因《のういん》法師が「心あらむ人に見せばや津の国の難波わたりの春の景色を」（後拾遺集）と詠み、この歌以後、難波江の春は、すばらしさを喧伝《けんでん》されることとなった。初々《ういうい》しく芽吹き、一面に薄緑色に染まった葦原《あしはら》と、それを包み込む霞、おぼろに広がっていく遠景の海といった柔らかな難波の春の風景は、

*能因法師―平安時代中期の歌人。能因には、和歌に耽溺し、それゆえに奇矯なふるまいをしたという数寄《すき》の逸話が多い。摂津国古曽部《こそべ》に隠棲し、没する時に詠草

「*心あらむ人」に見せたいという感動の共有を求める表現によって人々の意識に強く刻まれた。心敬も難波江の春の美しさが類《たぐ》いないというその心情を継承《けいしょう》し、それを中国の潯陽江《じんようこう》の様子をもって語ったのである。

潯陽江は、揚子江《ようすこう》のうち中国江北《こうほく》省北部の九江《きゅうこう》付近を流れるあたりの異称。白居易がこの潯陽《じんよう》の地に左遷《させん》されていた時、つらい境遇に落ちぶれた一人の女性の切々たる琵琶《びわ》の音を聞き、心を打たれたという『*琵琶行』の詩は、『白氏文集』の中でも、『*長恨歌《ちょうごんか》』とならび名高い。心敬は、はっきりとらえがたい部分に存する美の表現をとりわけ重視しており、自著『ささめごと』で、真に心をゆさぶる句の姿を説明する部分に「潯陽江に物の音やみ、月入てのち、此時《このとき》声なき、声あるにすぐれたりと云《いふ》」と例にだして述べ、夜の潯陽江の水面に響く琵琶の音色の余韻のうちに訪れる静寂《せいじゃく》を特に賞賛している。潯陽江での秋夜《しゅうや》のすばらしい琵琶の音色と、すべての余韻《よいん》が消えた後の静謐《せいひつ》な秋の明け方のすばらしさは、心敬の詩人としての意識を理解するためには非常に重要な要素であった。だが、それゆえにこそ、この歌の下の句に置かれた、「難波の春のあけぼの」の圧倒的な存在感は、きわだっているように思われる。

や歌書を全て地に埋めた話が、歌に執した振舞いとして、『ささめごと』に見られる。

*心あらむ人―情趣《じょうしゅ》を真に理解することのできる人。

*琵琶行―落魄《らくはく》した女性が琵琶を奏でるのを、左遷された我が身になぞらえてうたった詩。

*長恨歌―中国唐代の詩人、白居易（白楽天）によってつくられた漢詩。唐の玄宗《げんそう》皇帝とその妃楊貴妃《ようきひ》との、死をもってしても変わらぬ愛のエピソードを語る。源氏物語をはじめとする日本の文学作品にも多大な影響を与えた。

02

朝涼《すず》み水の衣《ころも》の薄氷《うすごほり》われにかさぬる木々の下風《したかぜ》

【出典】文明二年芝草句内岩橋・下

夏の朝早く、涼しい頃には、まるで、水をおおっている衣のような薄い氷の膜《まく》、そういったものがあるかのような冷ややかな泉のさまだ。木の下を通りぬけ、泉からその氷のような冷たさを私に重ねてくるかのように吹いてくる、涼しい木の下風よ。

【語釈】○朝涼み―夏の朝、まだ涼しい頃。○水の衣―心敬は「水の衣とは氷のことなり」と説明する。水に薄くはりつめるさまをこう呼んだのである。

夏の朝のつかのまの涼しさを、泉の水の清涼感《せいりょうかん》からとらえた歌。題は「泉涼《すずし》」。泉を表現した題なのに、歌の中には全《まった》く泉を思わせる表現を入れていない。水面上を過ぎ、木陰《こかげ》を吹き抜けてくる風の動きをとらえ、冷たさの波を表現している。薄氷の衣を重ねるなど、冷たい風の表現に心敬独特の感性があふれる歌である。

心敬は水や氷の清涼さに大変心を引かれた。『ひとりごと』*で述べている。

*ひとりごと―応仁二年（一四六八）に心敬が著した連歌論。

水程*感情《かんせい》ふかく清涼なるものなし。春の水といへば、心ものびらかに俤《おもかげ》もうかびて、なにとなく不便也《ふびんなり》。夏は清水の本、泉の辺、又冷えさむし。秋の水ときけば、心も冷々清々たり。又、氷ばかり艶なるはなし。苅田の原などの朝うすごほり、古りたる*檜皮《ひはだ》の軒などのつらら、枯野の草木など露霜のとぢたる風情、おもしろくも艶にも侍らずや。

（水くらいしみじみと感動をおこさせ、清らかで涼しいものはない。春の水といえば、心ものびやかになり、その面影も心に浮かんで、何となく心ひかれる。夏は、清水が湧き出ているあたりや、泉のほとりが、ひえびえと冷たい感じがする。秋の水と聞けば、心も涼しくすがすがしくなる。また、氷くらい優雅《ゆうが》で美しいものはない。稲を刈った後の野原に張った朝の薄氷や、古びた檜皮の軒などに下がったつらら、枯れ野の草木などが露霜《つゆじも》の氷に閉じられた風情など、趣《おもむき》があり魅力的ではないか。）

四季折々の水の風情、水の諸相《しょそう》を述べる口調には、真に水や氷の美しさを愛した彼の思いがにじんでいる。その心引かれる水の風情を、ありありと想像させ、肌に感じさせる風の働きに目を向け、この歌を作ったのであった。

前半生に体験した戦乱をふりかえった上で、連歌についての意見を随想風に記す。

＊感情《かんせい》—しみじみとした深い感動をいう。心敬は、最も感動した際によくこの言葉を使った。

＊檜皮《ひわだ》—檜の皮。屋根をふく。

03

ふけにけり音《をと》せぬ月に水《み》さび江《え》の棚《たな》無《な》し小舟《をぶね》ひとり流れて

【出典】寛正四年寛正百首・四八

夜もふけてしまったことよ。空にかかる月はすでに傾き、水錆《みさび》の浮かぶ入江には、舟人が打ち捨てた棚《たな》無し小舟がたった一隻《そう》、音もなく流れに漂っている。

寛正《かんしょう》四年（一四六三）、心敬が故郷の*紀伊国《きいのくに》田井庄《たいのしょう》の八王子社に奉納《ほうのう》した百首（寛正四年百首）の内の一首、「江月《えのつき》」題である。この百首には、秋題二十首中に「山月」「野月」「河月」「江月」「浦月」と五首、他の季節にも「春月」「夏月」「冬月」と月の題が見られ、心敬の月に対する思い入れの深さがわかる。彼は、月ほど興趣《きょうしゅ》深いものはないという*『徒然草』第二十一段の文章に賛同しており（『ひとりごと』に言及がある）、後の「応仁《おうにん》二年百首」では、

【語釈】○水さび江―水錆（みさび）の浮かんでいる入江。水錆は、たまり水などの水面に浮かんでいる茶褐色のさびのようなもの、水あか。○棚無し小舟―舟の左右の両縁に付けてある幅の狭いわき板のない小舟。丸木舟。

二十首の月題歌で、京都に帰ることのできない我身《わがみ》のつらさを詠みいれた。
心敬は「寛正四年百首」に自ら注をしているが、この歌に関しては「ひとへに*ふけさびたる風情をつくし侍り」と記しており、閑寂《かんじゃく》の極《きわ》みの情景を詠み出そうと精魂《せいこん》込めたことがわかる。第二句の「音せぬ」は、舟人《ふなびと》がもう戻ってこないことと、小舟が月光の下に漂う姿とを重ねて表現したという。初句《しょく》の「ふけにけり」が、時がたつにつれて斜めに傾いた月の光を思わせ、捨舟《すてふね》の光景にうら寂しさを加える。

歌の第三句にあり、印象的な語調の語句である「水《み》さび江」は、うらぶれた現実の江の姿をうつした語であり、和歌には珍しい。茶褐色の水さびは、古い入江や井戸に増えるもので、水さびの浮いた水面は濁《にご》り、月も映ることがない。水際《みずぎわ》の草も茶色く汚れた濁り江となる。水さびを分けて揺れ漂う小舟も、打ち捨てられてやはり汚れ、古びた粗末な様子であろう。

決して美しい風景とは言えない、荒れた水辺の鈍色《にびいろ》の情景は、日の光にははっきりと照らし出されるが、月光の下では陰影《いんえい》が多く、おおい隠されてしまう。水面をゆっくりと漂いゆく小舟の黒い影が、周囲の暗い水にとけ込んで、時間がつめたく流れる。わびしい、肌寒い秋の水辺《みずべ》の夜である。

*紀伊国田井庄―現在の和歌山県和歌山市あたり。

*徒然草第二十一段―「よろづのことは、月見るにこそ、慰むものなれ」(どんなことでも皆、月を見ることで、心慰められるものだ。)と述べる。

*ふけさびたる風情―枯れた寂しい趣。閑寂・枯淡の境地。心敬は『老いのくりごと』で、和歌を上手に詠めるようになってからは、「ふけさびたるかた、最尊なるべし」と言い、この境地をめざした。

04

鐘《かね》ふかみあかつき月は霧《きり》薄き横河《よかは》の杉の西に残りて

【出典】寛正四年寛正百首・五二

鐘の音が薄霧のかかる横河の山々に深く響きわたっていった。目を転じれば、暁の月は、横河の杉の西方の空に残っていて。

寛正四年三月、五十八歳の心敬が、故郷紀伊国田井庄八王子社に奉納した「寛正四年百首」の内の一首。

心敬は若い頃、比叡山横河《＊よかわ》にのぼり、天台宗《てんだいしゅう》の僧侶としての修行《しゅぎょう》を長期間にわたって積んでいる。横河は比叡山上の修行の地の中でも、最も奥まった場所にあり、現在でもよく知られているように、大変厳《きび》しい自然環境の地であった。それゆえか、修行の時期に目にした横河の峻厳《しゅんげん》な自然のありさ

＊横河―比叡山上にある延暦寺三塔（東塔・西塔・横河）の一つ。三塔のうち、最も奥まっており、幽寂・厳格な修行の地とされる。

まは、彼に強い印象を与えている。例えば、心敬は、「*明けそむる横河の遠《をち》の比良《ひら》の山」と、夜明け方の横河から遠く眺めた情景を詠んだ句を残しているし、比叡に見られる杉木立《すぎこだち》を歌に配して、雪の白さの中のその青さに目をとめて、雪嵐《ゆきあらし》の情景を、「*山本の杉の一むら埋みかね嵐も青く落つる雪かな」と詠みなしているのである。

歌題は「暁霧」で、明け方の霧立ちこめる情景を詠むべき題である。だが、心敬が最も意を尽くしたのは初句の「鐘ふかみ」であった。鐘の声は「祇園精舎の鐘の声、諸行無常の響きあり」（平家物語）と吟《ぎん》じられるように、仏教の教えと深く関わり、世のはかなさ、定めなさを思わせるものである。その声の、いずこともなく消え去る、とらえがたい響きの広がりを「深し」と表現したのであった。

うすく霧がかかり、ほの明るい横河の杉山に、鐘の音があまねく響きわたる。そして、鐘の音がものみな全《すべ》てに響き、沈み消えていくと、西に見える夜明けの空には淡い月が残っていた。「残りて」と言いさしたところに、森《しん》羅万象《らばんしょう》の一部となっている自らを感じ、自らの心ものぞきこむ詩人の魂が垣間《かいま》見える。

＊明けそむる……――連歌百句付・二四〇九。

＊山本の……――心敬集・六八。

05

思ひ絶《た》え待たじとすれば鳥《とり》だにも声せぬ雪の夕暮れの山

【出典】寛正四年寛正百首・六九

友が訪ねてきてくれるかと期待するのはやめ、もう待つまいと心に決めると、鳥さえももはや声をたてることなく、雪に閉ざされて完全な孤独のうちに暮れていく、夕暮れのこの山の景色よ。

【語釈】○思ひ絶え—あきらめて。

歌題は「閑中雪《かんちゅうのゆき》」。「閑」とは、人と交わる事なく、心静かに過ごしていることであり、訪れる人のいない、人里はなれた庵《いおり》の雪の日の情景を歌う題となる。

山の庵は、孤独な場所であり、冬、雪にふりこめられれば、一段と隔絶《かくぜつ》された場所となる。そんな庵で、自分以外に音をたてるものといえば、雪が降り積もったことで、山に居場所を失い、軒《のき》に集まってきて鳴いている鳥たちか、雪折《ゆきお》れする木々の音だけである。それゆえ、正徹は、雪の朝だからこそ、鳥の騒がしい鳴き声がすることに着目し、「雪ふれば軒端《のきば》をたのむ朝鳥の声ばかりする庭のさびしさ」（草根集）と詠み、*正広《しょうこう》は「竹をうつ音にはあらで雪折にねぶりをさます床の上かな」（松下集）と詠んでいる。

こうした正徹、正広両者の詠からは、庵の日常は感じられるが、人を待つ身の寂しさは、さほど伝わらない。しかし、心敬の歌では、雪に降りこめられ、心細く人恋しく感じる隠者《いんじゃ》の気持ちから表現されてくる。一日中一人で待ったが、やはり誰も訪ねてはこなかった。もう待つまいと、期待をふりはらえば、時刻は夕暮れ、鳥はねぐらを探しに行き、いつのまにか姿を消している。真に誰もいないあたりの様子に、暗闇が訪れてくる中、切《せつ》なく耐えがたい気持ちをのみこんで、一人たたずむしかすべがない。つらく孤独な隠者の魂を浮き上がらせ、深く描いた歌となっている。

心敬は、俗事《ぞくじ》に煩《わずら》わされることのない「閑人《かんじん》」であることこそ、連歌《れんが》や歌を学び、深く極めるための要件であると述べている（*老いのくりごと）。だが、「閑」を求めれば、強靱《きょうじん》な心をもってその中にたたずむことが必要となる孤独が待っていることも、心敬は知っていたのである。

＊正広―正徹12参照。

＊老いのくりごと―心敬が、文明三年に関東で著した連歌論書。

06

知れかしな窓《まど》打つ秋の夜《よる》の雨夕べの桐《きり》の葉の落つる時

【出典】心敬集・三二〇

わかってくださいよ。秋の夜、雨が窓を打つ頃や、夕暮れ時に桐の葉が落ちる頃に、私がどれほどあなたのことを思っているかを。でも、あなたは、無情にも私のことなど思ってもくれないのですよ。

「寄桐恋《きりによするこい》」題の歌。「寄桐恋」とは、桐の木にことよせてかなわぬ恋の思いを表現する題。桐は、生育《せいいく》が早く大木になる落葉樹であり、秋にさきがけ、いち早く大きな葉を落とす性質がある。

『長恨歌《ちょうごんか》』（白氏文集）には、玄宗皇帝《げんそうこうてい》が亡き最愛の人、楊貴妃《ようきひ》をしのぶ場面で、とりわけ思いのつのる時を表現した対句《ついく》「春ノ風ニ桃李《とうり》ノ花ノ開クル日　秋ノ雨ニ梧桐《ごどう》ノ葉ノ落ツル時」がある。この対句は『和漢朗詠集』恋

*長恨歌―心敬01参照。

*和漢朗詠集―正徹15参照。

に入れられて名高く、秋の雨に桐の葉が落ちる光景は、恋情《れんじょう》をせつなく苦しくかきたてるものというイメージが定着した。

桐の落葉は、新古今時代以降、鎌倉末期から南北朝《なんぼくちょう》にかけて京極派《きょうごくは》和歌でひとしきり詠みこまれ、正徹や心敬に至っていく。この心敬の歌の第二句、第三句、特に「窓打つ」は、こちらも『和漢朗詠集』秋夜《しゅうや》に入る「蕭々《*しょうじょう》タル暗キ雨ノ窓ヲ打ツ声」(白氏文集・上陽白髪人《じょうようはくはつじん》)の表現から詠みいれたもの。「上陽白髪人」も、上陽宮で皇帝の召しを待つうちに、むなしく年老いて白髪となった後宮《こうきゅう》の官女をモチーフとしており、むくわれない思慕の情を歎く思いが秋夜の雨の音にまつわる役割を果たしている。

「寄桐恋」という題は珍しく、心敬も一例を詠むのみであるが、心敬は『ささめごと』で、『白氏文集』の「春ノ風ニ桃李ノ花ノ開クル日　秋ノ雨ニ梧桐ノ葉ノ落ツル時」の対句を「歌連歌の恋の句なども、この風体なるべきことか」とほめたたえており、この歌は、彼の作歌に関するそうした渾身《こんしん》の思いを込めた題詠《だいえい》の歌なのであろう。

*蕭々タル―ひっそりともの寂しい。

07

わが袖《そで》ぞ逢瀬《あふせ》に遠き石臥《いしぶし》の住むばかりなる川は流れて

【出典】心敬集・四一五

私の袖は、あの人との逢瀬《おうせ》、すなわち逢う機会がないので涙で濡れている。逢瀬は遠くても、あの、源氏物語に言う「近き」川、石臥が住んでいるだけの川は近くに流れて、あの人は私の間近にいるのだけれど。

歌を詠むにあたり、著名な物語や漢詩、和歌の言葉をあえて借用《しゃくよう》し、それを用いることで歌の内容に深さや広がりを与えるという詠法《えいほう》がある。有名な古歌《こか》の言葉を取るのが本歌取《ほんかどり》であるが、物語の中の言葉を取る方法は、本《ほん》説取《ぜつどり》という。

この歌は、「*近恋《ちかきこい》」という題で詠まれた歌であるが、心敬の自注によれば、「源氏に、西川の鮎《あゆ》、近き川の石ぶしといへるより、近きと侍る題を石

【語釈】○石臥―カジカ科の魚。形ははぜに似て、石の下などに隠れていることからこの名がある。

*近恋―近くにいる人への恋を詠む題。

ぶしにゆずりて」とあり、『源氏物語』常夏《とこなつ》巻の中で、「近き川の石ぶし」とある部分から、題の「近き」を石臥に関係づけて歌をつくったということである。

心敬の指摘する常夏巻の本文は、酷暑《こくしょ》の頃、*釣殿《つりどの》で涼むことにした光源氏が、友人たちに鮎や石臥などの川魚を調理させてふるまっている場面で、文中、ゴシック体が和歌で詠みこまれた言葉の本《もと》の部分である。

いと暑き日、東の釣殿に出でたまひて涼みたまふ。*中将の君もさぶらひたまふ。親しき殿上人あまたさぶらひて、西川より奉れる鮎、**近き川のいしぶし**やうのもの、御前にて調じてまゐらす。（後略）

このような印象的な言葉は、源氏詞《げんじことば》と呼ばれ、連歌で『源氏物語』の言葉を句に使う際には、源氏詞を抽出した源氏寄合《げんじよりあい》の書が重宝《ちょうほう》された。例えば、*『光源氏一部連歌寄合』には、常夏巻の当該箇所からは「西河鮎　近き河石ぶし」が採られている。石臥という魚は、心敬が家集《かしゅう》に*二首詠んでいる以外は、和歌の題材にほとんどなっておらず、極めて珍しい。心敬は連歌寄合の言葉を、抵抗なく歌にも用いたのであった。

*釣殿―平安時代の貴族の邸宅で、コの字型の寝殿造の建物の端から庭の池に張り出して釣りをするためにつくられた部屋。納涼、遊興にも使われた。泉殿。

*中将の君―光源氏の長男、夕霧。

*光源氏一部連歌寄合―二条良基周辺で、源氏物語の中から連歌に使用できる言葉を選び掲載した書。

*二首―心敬はこの歌の他にもう一首「鵜川」の題で、「鵜飼舟近き川瀬の石臥もさばしる鮎につれて落つらし」（心敬集）とも詠んでおり、「石臥」という魚に『源氏物語』常夏巻のイメージを付随させていることがわかる。

08

流れ洲《す》に小船《をぶね》漕《こ》ぎ捨て煙《けぶり》立つ入江《いりえ》の村に帰る釣《つ》り人《びと》

【出典】心敬集・三〇六

流れの中の洲に、小船を漕《こ》ぎすてて、夕餉の煙がたちのぼっている入江の村に帰って行く釣り人の姿よ。

【語釈】○流れ洲—流れの中に出来た砂地。流れの変化によって水面に顔を出す場所が変わる場合があり、こう呼ばれる。

和歌という詩形《しけい》は、実は歌言葉という、詠みいれても歌の品格が落ちない、いわば上品な言葉と認定されている言葉を使うことで形をつくりあげている。歌言葉にふさわしくない、品格のない、詠み入れると歌を汚《けが》すとされる言葉を只言葉《ただことば》と言い、両者は厳然《げんぜん》と区別され、歌人たちは使用してよい歌言葉を参考書で学び、マスターしていたのである。

これに対して、言葉づかいが和歌ほどきびしく統制《とうせい》されなかったのが連歌だが、和歌と連歌のどちらをも自在に詠むことができた心敬は、表現の選択も自由であり、和歌に詠みにくい新しい語句や風俗なども躊躇《ちゅうちょ》せずに詠みこんではばからなかった。

「遠村煙《とおむらのけむり》」題のこの和歌も、一見、海辺の寒村《かんそん》の情景の和歌であるが、実は和歌表現としてはめったに使われない言葉ばかりでできている、珍しい和歌である。「流れ洲」「入江の村」という言葉も、和歌で使うのは心敬が初めてに近い。「釣り人」が、釣りをする姿ではなく、帰る姿をとらえる発想も、それによって「遠村煙」という題を表わそうとする発想も新しい。

この歌で釣り人が帰って行く夕暮れの村に立ちのぼる煙は、生業《なりわい》を立てるために藻塩《もしお》を焼く仕事の煙ではなく、柴《しば》を折り炊《た》いてつくる夕餉《ゆうげ》の煙であろう。村には、釣り人を待つ家族がおり、そこには精一杯の一日一日の生活がある。そう感じさせるゆえに、新奇な語句を用いても、なにか暖かい、穏《おだ》やかな印象を与える歌となっている。

こうした風景の背景には、当時盛んに輸入されていた栄画の水墨に、山村や入江、また釣人たちが好んで描かれていた影響もあったのかもしれない。

09

夕されば嵐をふくみ月をはく秋の高嶺《たかね》の松さむくして

【出典】心敬僧都十体和歌・三一五

夕方になると、高嶺《たかね》の松をなびかせるように嵐をはらんだ風が吹き、松の背後からは、月がまるで吐き出されるかのように姿を見せる。そんな秋の高嶺には、松が寒々と立っていることよ。

「月前風《つきのまえのかぜ》」という題の和歌。題にある「月」と「風」とが、「嵐を含み」「月を吐く」と表現されている点で、非常に珍しい。『*心敬僧都十体和歌《じっていわか》』では、「*強力体《ごうりきてい》」の和歌、すなわち非常に強い調子の和歌を集めた歌群《かぐん》に分類されている。確かに第二句、第三句の表現「嵐を含み」「月を吐く」が漢詩的で強く、特異《とくい》である。

例えば、心敬は連歌《れんが》で、「*花を吐き嵐を含む青葉かな」という発句《ほっく》を詠ん

*心敬僧都十体和歌―心敬の和歌を十の表現形式に分類した書。文明三年（一四七一）に心敬が自撰したとされる。

*強力体―一般に鬼拉体《きろうてい》と言われる体を含む、力強い調子の和歌。

でいる。彼は、すでに青葉をまとった桜の梢が、まだ咲き残っている残りの花を散らしたり、嵐に激しくざわめいたりする様《さま》を「吐く」「含む」という語句を使って表現することにためらいがない。それによって、鮮やかな青葉の持つ一種暴力的な強さを表現しえている。心敬は、連歌のみならず和歌においても、こうした漢詩的な表現を用いているのである。

この点は、心敬の和歌の師、正徹がひどく非難しており、『*東野州聞書《とうやしゅうききがき》』に、「かやうの事こそ道の零落《れいらく》よ（こういったことこそが、歌道の堕落そのものなのだ）」と歎いた正徹の言葉がのせられている。時に正徹七十歳、心敬は四十五歳。次の世代の弟子、心敬に対する正徹の目はきびしい。

正徹にとっては、こうした漢詩的な技法を和歌に使うのはもっての外《ほか》であった。それゆえ、この歌は、連歌と和歌の創作を余り区別せず、臆《おく》することなく和歌に新しい表現を使った心敬と、連歌はあくまでもたわむれのものと考え、和歌と峻別《しゅんべつ》していた正徹との決定的な意識の差を明確に示す歌なのである。

正徹の余りに激しい非難は、心敬の耳にも届いたのであろうか、こうした破格《はかく》の表現は、以後の心敬の歌にも連歌にも見あたらない。

*花を吐き嵐を含む……—心玉集・六九八。

*東野州聞書—東常縁《とうのつねより》が、正徹に、歌学上の疑問点などを尋ね、それに対する正徹の教え等を書き記した書。この書には、宝徳二年（一四五〇）十月頃、正徹が蓮海法師（心敬は蓮海と名乗っていた時期がある）の和歌を激しく非難した記事がある。

10

言《こと》の葉《は》はつゐに色なき我《わ》が身かな昔はまま子今はみなし子

【出典】文正元年所々返答・第一状

師正徹に教えていただいても、木の葉が色づくような美しい言葉の色を見せる和歌はとうとう作れなかった我が身であることよ。師が生きておられた頃は、弟子ではあってもまま子のような存在で疎《うと》んぜられていたのだし、師匠が亡くなられた今となってはまして、和歌の世界では完全に孤児のようなよるべない立場になってしまったのだ。

心敬が宛先不明のある人物にあてて記した『所々返答』（第一状）という手紙に添えられた和歌である。手紙が書かれたのは、文正《ぶんしよう》元年（一四六六）三月。心敬の和歌の師正徹は、七年前の長禄《ちようろく》三年（一四五九）に亡くなっており、正徹に和歌を学んだことを思い返して自嘲《じちよう》気味に詠んだ歌である。

心敬は、三十年の長きにわたって正徹に師事《しじ》していたようであり、この歌の前後の文面には、正徹に教えを乞うていた頃は、不満に思うところもあったが、今では感謝しているといった、弟子としての複雑な心情を吐露《とろ》した部分もある。

「言の葉」とは、和歌に用いられている言葉を意味し、「色なき言の葉」とは、良いところのない歌をいう。木の葉が美しく色づくことからの比喩《ひゆ》。歌の上の句で、美しい歌言葉を詠み入れることを目指したが、そんなすばらしい歌は、自分には詠むことができなかったと慨嘆《がいたん》している。

正徹は、心敬の和歌を必ずしも高く評価してはいなかったようで、*東常縁《とうのつねより》に向かって、心敬の和歌の作風に関する厳しい批判を口にしている。連歌に手を染めることのなかった正徹にとっては、連歌風で自由な心敬の詠みぶりは許容《きよよう》しがたかった。逆に心敬の方からすれば、和歌と連歌を峻別《しゆんべつ》する正徹の考えは合点《がてん》がいかないものであったろう。

正徹の門流《もんりゆう》は、一番弟子の正広《しようこう》に受け継がれるが、やはり連歌に手を染めない正広と心敬との関係も薄かった。「継子《ままこ》」「みなし子」という印象的な表現に、心敬の押さえていた不満ややりきれなさがにじんでいる。

＊東常縁―室町時代の武家歌人。正徹の和歌理論を学ぶも、後には二条派和歌の重鎮堯孝《ぎようこう》の弟子となった。東野州聞書の作者。

11

三十路《みそぢ》よりこの世の夢は破《やぶ》れけり松吹く風やよその夕暮れ

【出典】心敬集・一八二

三十代からずっと心に抱いてきた、この世での夢は破れてしまったことよ。松を吹く風は、この夕暮れに私とは何の関係もなく吹き過ぎていくのであろうか。思いをこめて待っていても、何のかいもないのだ。

【語釈】○よそ―関係がないこと。関わりなく。

応仁《おうにん》元年（一四六七）八月三十日に、武蔵国品川で詠んだ百首和歌におさめられた歌。歌題は「薄暮松風《はくぼのまつかぜ》」である。

この年、心敬は六十二歳になっていた。応仁の乱で戦場となった京都を離れ、海路関東に着き、品川の草庵《そうあん》に滞在している。翌年に著した『ひとりごと』*では、三十年あまり前に始まった東国の戦乱（永享《えいきょう》の乱）から、絶える事なく戦いがなされている状況を、憤《いきどお》りと悲しみをこめて描写している。

*ひとりごと―心敬02参照。

「この世の夢」が何であったのかは、さだかにはわからない。おそらく、都が戦乱状態になり、関東に居《きょ》を移したことで絶望的になった夢があるのであろう。一つの可能性として、和歌の撰集《せんじゅう》に入集《にっしゅう》することとする考えもある。心敬が、永享十一年（一四三九）完成の*『新続古今和歌集《しんしょくこきんわかしゅう》』に、和歌の師正徹もろとも入集がかなわなかった後、久しく勅撰集を編《あ》む気運《きうん》はなかった。応仁の乱の直前、やっと*新たな撰集を作る準備がなされはじめ、心敬にとっては長らく待った勅撰集入集が期待される状況となったのである。ところが、戦乱で、心敬は都を遠く離れざるを得ず、撰集作業自体も継続不可能となり、またも入集の可能性がついえてしまったのであった。

「松」には「待つ」を掛けており、夕暮れ時とは恋人が会いにきてくれるのを待つ時間帯であることから、「よそ」という言葉があることによって、下の句には、待てどもかなわぬ恋というイメージが出る。心敬は、逢いたい思いがかなわない恋の気持ちの表現を、若い頃から抱いてきた夢がかなわない気持ちに移し替えて歌に使ったのである。

闇がたれ込めてくる夕暮れ時、松風が吹きすぎる中、破れ去ってしまった積年《せきねん》の夢が消えていく。そうした寂寥《せきりょう》感が迫ってくる一首である。

*新続古今和歌集―足利六代将軍義教《よしのり》が後花園天皇に執奏し、飛鳥井雅世を撰者になして撰ばせた第二十一番目の勅撰集。

*新たな撰集を作る準備―寛正六年（一四六五）、足利八代将軍義政が飛鳥井雅親を立てて企画した試み。

12

一声《ひとこゑ》に見ぬ山深しほととぎす

【出典】新撰菟玖波集・発句・三七〇六

一声、めずらしくもホトトギスが鳴いた。この武蔵野は、見渡す限り、うんざりするほどの草の原で、ホトトギスのすみかである山などまったく見あたらないというのに、思いがけずこんなところでホトトギスがきけるとは。一瞬深い山の中にいるかのような気がしたよ。

文明《ぶんめい》元年（一四六九）夏、関東での発句《ほっく》。応仁元年（一四六七）夏に関東に避難してから丸二年たち、この年は伊豆・駿河に旅をし、富士見物に心を慰《なぐさ》めた。

ホトトギスは、旧暦四月頃に南方より渡来《とらい》し、九月にはまた飛び去る渡り鳥。現在の新暦では五月末に渡来するが、毎年正確に同じ時期に渡来し、季節を知らせる上、「きょっきょっきょっきょっ」と聞こえる高く澄んだ美しい声で鳴くため、夏の風物詩として万葉の時代から日本人にことに愛された。和歌の世界においても、夏の歌題《かだい》としてほととぎすは非常に大きな位置を占めている。その鳴*かせ比べを題材に、信長、秀吉、家康の性格を表現した川柳《せんりゅう》もあったことで、古典の世界でのホトトギスに対する愛好ぶりがわかろう。

心敬は、この句について、のどかな日に、ほととぎすの一声《ひとこえ》が聞こえ、まるで山中《さんちゅう》にいるかのような気持ちがしたので、こう呼んだという。彼はわざわざ、武蔵野で詠んだ発句なのだと断っている。武蔵野、すなわち今の関東平野は、はるばると果てしなく広がっている一面の野として意識されていた。それゆえ、武蔵野に鳴くホトトギスは、例えば、正徹の和歌の師今川《いまがわ》了俊《りょうしゅん》が師匠と仰いだ冷泉為尹《れいぜいためまさ》が、*「いづくよりさても出づらむ郭公《ほととぎす》山には遠き武蔵野の原」（為尹千首）と詠むように、山もないのに声が聞こえるという驚きが詠まれているのである。東国《とうごく》に来て、現実の武蔵野を体感した心敬は、やはり「見ぬ山」と詠んだ意図《いと》をどうしても説明しておきたいところであったのだろう。

東山、北山、西山などの山々が間近《まぢか》に迫る京都、若い頃修行した深山幽谷《しんざんゆうこく》の趣きのある比叡山横河《よかわ》など、故郷の豊かな山を想う時に心敬の心に生じた、切ない望郷《ぼうきょう》の思いもこの句から受けとめることができるかもしれない。

*鳴かせ比べ―鳴かぬなら殺してしまえほととぎす（信長）、鳴かぬなら鳴かせてみせよほととぎす（秀吉）、鳴かぬなら鳴くまで待とうほととぎす（家康）。

*いづくより……―それにしても、一体どこから出てきているのだろう。

13

くもる夜《よ》は月に見ゆべき心かな

【出典】竹林抄・発句・一七三三

曇っている夜は、どれほど月を待ち遠しく思っているか、それが月にわかってしまうことよ。

『竹林抄《ちくりんしょう》』発句《ほっく》の巻より。心敬の句集『芝草句内発句《しばくさくないほっく》』の中では、「吾妻《あづま》下向発句草《げこうほっくぐさ》」におさめられており、心敬が東国に赴《おもむ》いてからの発句。『竹林抄』のような撰集では、付合《つけあい》の部《ぶ》同様、発句の部の句も、季節、時間の経過に従って配列される。ここは、配列場所から類推《るいすい》して、八月十三日を過ぎ、十五夜の月間近の曇りの夜の状況。

この句については、心敬が自ら説明しているが、それによれば、月をめでる人の気持ちの浅さ深さは、曇りの夜にこそ、空にある月にわかってしまうという。曇りだからと関心をもって空を見ないのは、その月に対するいいかげんさであり、それを恥じるとの由《よし》。こうした心敬の発想の根底《こんてい》にあるのは、『徒然草』百三十七段の記述である。『徒然草』は「花は盛りに、月は隈《くま》なきをのみ見るものかは。雨にむかひて月を恋ひ、たれ込めて春の行方知らぬも、なほあはれに情け深し」――花は満開のときだけを、月は満月のくもりないのだけを見て賞玩《しょうがん》するものであろうか。雨空に向かって月を恋しく思い、家に閉じこもっていていつのまにか花が散り春が去って行ったのを知らないのも、なんといっても趣き深く情味があるものだ、と述べており、正徹や心敬はこの記述に大きな影響を受けた。

　心敬は、応仁の乱によって京都に帰れず、関東に晩年を送るが、彼の「*応仁二年百首」中の「月」題歌には、「*かたれ月遠き都のあはれをも見るらん物をよなよなの空」等、月に切なる望郷の思いを訴える歌が見られ、また晩年の発句では「*月に恋ひ月に忘るる都かな」と詠んでいる。こうした歌句に、どんなときも月に慰めを求めた彼の心情がしのばれる。

*応仁二年百首―花二十首・月二十首・露十首・述懐十首・懐旧十首・無常十首・旅十首・釈教十首という八題による百首歌。応仁二年(一四六八)七月に関東にて詠まれた。

*かたれ月……―月よ、語っておくれ、私の知りたい都のことを。おまえは毎晩、空にいて遠い都の風情をも見ているのであろうから。

*月に恋ひ……―竹林抄所収。月を眺めては、なつかしい都を恋しく思い出し、またある時にはその同じ月を眺めることで、悲しみを忘れ、都恋しさを忘れることだよ。

14

時雨《しぐれ》けり言《こと》の葉《は》うかぶ秋の海

【出典】文明四年以前芝草句内発句・三〇八

時雨が降ったのだなあ。秋の風情をたたえた湖には、時雨で散った木の葉が浮かんでいることよ。ここは、紫式部が源氏物語の着想を心に浮かべたという石山。湖面に浮かぶ木の葉のように、式部の脳裏に源氏物語の言葉の数々が思い浮かんだのだなあ。

【語釈】○言の葉―ここでは源氏物語の数々の言葉を指す。○秋の海―秋の琵琶湖をさす。

時雨は晩秋から初冬にかけて一時的に降ったりやんだりする雨のこと。時雨が降れば、山の木の葉は色づき、また散っていく。秋の海に時雨により散り落ちた木の葉が浮かぶ様《さま》を詠んだ句である。心敬の自注には、「石山《いしやま》にての発句」と説明があり、「光源氏の巻、この湖水に浮かびたるなどいへる事によせ侍《はべ》り」とあるところから、琵琶湖を眺めて『源氏物語』を着想したという紫式部《むらさきしきぶ》に思いを寄せた句と明らかになる。

石山は滋賀県大津市にある石山寺。如意輪観音《にょいりんかんのん》を祀《まつ》り、その霊験《れいげん》を求めて多くの人々が参拝した。琵琶湖に面し、月の名所としても名高い。南北朝時代の源氏物語注釈書である『河海抄《かかいしょう》』*は、石山寺に参籠《さんろう》した紫式部が、八月十五夜の湖面に映る名月に想《そう》を得て、『源氏物語』を須磨巻から書きはじめたと記しており、中世には、石山寺は『源氏物語』の執筆の場とする説が広まった。それゆえ、数多くの文人たちが、紫式部が『源氏物語』を起筆《きひつ》したその跡を慕《した》って訪れ、歌人や連歌師もまたそれぞれに和歌や連歌を残している。

心敬の師正徹も、永享九年（一四三七）六月に石山寺に参詣《さんけい》、三十年以上前に和歌の師今川了俊と共に訪れたことを懐かしく思い返し、また紫式部が『源氏物語』を書いたという部屋に入り、自分はまだまだ『源氏物語』を浅く理解しているだけだと反省して、和歌を*詠んでいる。このように石山寺と『源氏物語』とは、中世の人々の心の中で深く結びついていた。

この句では「秋の海」は秋の風情の琵琶湖を言う。波間《なみま》に漂う時雨に色づいた鮮やかな木の葉と、紡《つむ》ぎ出された巧みなストーリーを担う源氏物語の言葉の数々とを重ねた比喩は、物語の豊かさを思わせ、まことにふさわしい。

*河海抄—貞治年間（一三六二—一三六七）に四辻善成《よつつじよしなり》によって著された源氏物語の注釈書。

*和歌を—「同じ頃、源氏の間といふ局の壁に書きつけし、これよりも流れし水の源をわづかにくめる末をしぞ思ふ」（草根集・二二八五）。

15

秋もなほ浅きは雪の夕べかな

【出典】新撰菟玖波集・発句・三八二三

秋の夕暮れは、実にもの寂しいものなのだが、その寂しい風情さえもまだ浅いと感じさせるのは、雪の夕暮れ時の様子であることよ。

文明元年（一四六九）冬、心敬六十四歳、関東にての発句である。秋の夕暮れは、四季の中でも、最も風情があるとされる時刻である。『枕草子』の第一段の「春はあけぼの」「夏は夜」「秋は夕暮れ」「冬はつとめて（早朝）」という断定は著名《ちょめい》であるし、「心なき身にもあはれは知られけり鴫立つ沢の秋の夕暮れ」（新古今集・西行）は、人口に膾炙《かいしゃ》した歌であった。

だが、心敬は、冬の雪の夕暮れ時こそが、最も風情があると主張し、あえ

＊心なき……――正徹04で触れた。

て異《い》をとなえている。彼の自注によれば、「深雪《しんせつ》の夕べの、寂しくせんかたなきにたぐへ侍れば、秋の夕暮れは、浅くこそ思ひ侍れ」、つまり、雪が降り積もった夕べの、寂しくなすすべもない気持ちと比べてみれば、秋の夕暮れに身にしみる気持ちは浅く思われる、というのであった。「浅き」は風情が浅いこと。「浅し」と季節とを併《あわ》せて使う際は、季節がまだ進んでいない、早い時期であることを詠む場合が通常であり、ここはめずらしい用法である。ものみな覆い隠してしまう雪の「深さ」も連想させる語である。

この発句には、*宗祇《そうぎ》が「水こほる江《え》に寒き雁《かり》がね」という脇句《わきく》をつけている。ところが、心敬は、宗祇に対して「この御句、いささか境に入りすぎ、結構のものにて候ふ（あなたのこの句は、いささか境地をねらいすぎて、つくりたてた感じがするものであります）」と酷評《こくひょう》している（所々返答・第三状）。宗祇は、脇句を雪の夕暮れの江《え》の様に持っていったのだが、水辺の寒そうな景物をちまちまと詰め込み過ぎていた。薄闇の白い世界の持つ、すべてを閉じ込めてしまうような大きさに対し、心敬は、その大きさを理解し、挑《いど》む様《よう》な、もっとおおらかな付け方を期待しているのであった。

＊宗祇―連歌を大成した室町時代の連歌師（一四二一―一五〇二）。心敬から連歌を学んでいる。新撰菟玖波集の撰者。

16

波風も江《え》の南こそのどかなれ
難波《なには》に霞む紀路《きぢ》の遠山《とをやま》

心敬

【出典】新撰菟玖波集・春・二〇

（前句）波や風も江南のあたりではのどかなものだ。（付合）難波入江の南のあたりは波風ものどかで、はるかに海をみはるかせば、南の方には紀州の遠い山並みが霞んで見えている。

【語釈】○江の南―中国の江南地方。揚子江以南の地であり、温暖、風光明媚な地である。○難波―摂津国（現在の大阪府及び兵庫県の一部）の淀川河口付近。○紀路―摂津国淀川南岸から紀伊半島を南下、熊野へと至る道筋。

『新撰菟玖波集《しんせんつくばしゅう》』の春部に入れられた心敬の句。風もなく霞がたちこめる春の日、静かな波の向こうに海を越してはるかに紀州の山並みを望む。

心敬は紀州名草郡田井庄《たいのしょう》の生まれである。田井庄は現在の和歌山市内の、紀ノ川右岸《うがん》の地にある。心敬は三歳で京都にのぼったと自ら述べているから、早く故郷を出てしまっているが、彼の住持《じゅうじ》した十住心院《じゅうじゅうしんいん》は、紀州国を手中《しゅちゅう》におさめた畠山家の氏寺《うじでら》であるし、田井庄八王子社に参籠して和歌を奉納する機会を持ち（寛正四年百首）、その滞在中に『ささめごと』*を著《あらわ》すなど、自らの重要なルーツの地としている。ここを統治《とうち》した畠山家の家督《かとく》争いにより、紀州国が十数年の長きにわたり争乱《そうらん》の地となったことに心を痛め、気にかけつづけた。

前句は「江」、すなわち海の情景であるのに対し、付句《つけく》は「遠山」と、山の情景にしており、対立した関係をつくりだしている。これは連歌においては、相対付《あいたいづけ》と呼ばれ、句境《くきょう》をはっきり変化させる時に使われる用法である。また、前句一句での情景の場所は、中国の江南《こうなん》地方であるが、付句では「難波」「紀路」から日本の光景となる。さらに、波風が静かな江は間近い風景であり、山は遠方の景、近景から遠景へと場所も変化する。心敬は、このように巧みに、はっきりした句境の転換をなす一方で、前句に述べられたのどかな波風の様を、付句でもそのまま、穏やかに遠く霞んでいる山々の姿の形容としてつながりを持たせている。すなわち、句境を鮮やかに転換しつつも、二句一連《にくいちれん》の中では、駘蕩《たいとう》としたうららかな春の情景が描き出されるように作句しており、やはり卓越《たくえつ》したうまさを見せている。

*ささめごと―心敬が著した連歌論書。正徹06でも触れた。

17

我が心誰《たれ》に語らん秋の空

荻《おぎ》に夕風雲に雁《かり》がね　**心敬**

【出典】新撰菟玖波集・秋上・七〇六

（前句）秋空を見上げているとこみあげてくる、私のこの気持ちをいったい誰に語ろうか。（付合）荻の葉には夕暮れ時の風がささやきかけ、空の雲には飛び行く雁が鳴いて気持ちを伝えている。でも、私には気持ちを伝えることのできる相手がいないのだ。

心敬の渾身《こんしん》の一句。日一日と日が短くなり、寒さが増し、草枯れていく秋は、人の心に物悲しさを呼びおこす。秋の憂《うれ》わしさは、『白氏文集《はくしもんじゆう》』にも「*大底四時《おおむねしいじ》ハ心惣《す》ベテ苦《ねんごろ》ナリ　就中《このうち》腸《はらわた》ノ断ユルコトハコレ秋ノ天ナリ」と歌われ、古来四季の中で、秋が最も心悲しい季節であると思われてきた。このわびしい抒情《じよじよう》を、誰かと分かちあいたいほどの、押さえきれない感情のほ

【語釈】○荻―ススキによく似たイネ科の多年草。

*大底四時ハ…―およそ四季を通じて、私の心はいつもいたみ憂えている。だが、その中でも、まるで腸が断

とばしりとして、詠みおいたのが前句《まえく》である。

心敬の句は、この前句に、具体的な情景を付けたものだが、単に典型的な秋の景物を付けてみせたのではなく、草や鳥といった、人以外の命あるものが、風や雲という広い自然の営みに抱かれる事で語り合い、通じあっているさまを詠もうとしたものである。

和歌の造型においては、荻の葉のそよぎに秋の到来を知り、その葉の音に秋の気配をしみじみと感じるものとされている。心敬も和歌に「ものごとに*色見えずなるたそがれに荻の葉残す風の音かな（夕荻・心敬僧都十体和歌《しんけいそうずじっていわか》）」と、夕闇に覆い隠され物の姿が消えていくうちに、荻の葉のそよぎの音のみが残る、秋の夕暮れ時の時の流れを歌っている。また、渡り鳥である雁は、秋になると北方から飛来してくる。秋の深まりと共に飛びきたり、冬を越して春にまた飛び去っていくのであり、空に鳴く声は寂しげで、そのつらなって飛ぶ姿は秋の風物詩《ふうぶつし》となっている。

前句そのものも味わい深いが、何とも言いようのない心の思いを、短句《たんく》の叙景《じょけい》に過不足なく表現しきった付句は、心敬に強い影響を受けた宗祇《そうぎ》も「付け様《やう》また抜群なり」と感嘆しきりであった。


ち切られるような悲痛な思いを私にさせるのは、秋の空の様なのだ。

*ものごとに……―あたりの物がみな、薄暗さの中に見えなくなって行く夕暮れ時、荻の葉をそよそよとならす風の音だけが残っていくことよ。

18

あはれにも真柴折りたく夕まぐれ

炭売る市の帰るさの山　心敬

【出典】新撰菟玖波集・冬・一二六七

（前句）つらいことに、そこらの木々を折って焚《た》き、わずかに暖をとる夕暮れ時であることよ。（付合）いくら炭を焼いても、悲しいことだが、自分のためには使えない。生業を立てるために、市場で炭をすべて売りつくして帰る、その帰り道の山中。

炭売りの山人《やまびと》の貧しい日常を詠んだ句。木を蒸し焼きにしてつくる炭は、燃料や暖房用として、日常生活にかかせないものであった。山人は、その炭を、山奥で焼き、都の市《いち》に運んで売る事で、暮らしを立てていたのである。例えば、京の都では、洛北《らくほく》の小野や大原の山里、鞍馬山《くらまやま》などの山人が焼炭《やきずみ》を運び、市で売っていた。連歌には山人が寒い冬の朝に都に出、日が暮れるま

【語釈】○柴―山や野原に生えた雑木を言う。「真柴」は柴に同じ。「青柴」は、刈り取ったばかりで、青い葉のまじっている木の枝。○夕まぐれ―薄暗く、はっきり物が見えない夕暮れ時。「まは

で市で炭を売り、帰途《きと》につくさまを描写した句がいくつか見られる。また、苦しい生活をしている人々が生業《なりわい》を立てるため大勢市場にやってくる様子を、心敬自身も「*朝市に世をわび人の数見えて」と詠んでいる。

炭売りの山人のつらい生活は、古くから漢詩《かんし》にもうたわれた。例えば、白居易の詩「売炭翁《ばいたんのおきな》」（白氏文集）でも、炭を売る老人の、*生きるのがやっとのありさまを活写している。炭は寒ければ寒いほど売れるが、売る側として待たれるその寒さは、貧しく薄い衣服しかもたない自らの命を危うくする諸刃《もろは》の剣であり、そこにどうしようもない悲しみがある。

心敬は、この付句に関し、「世をわびぬる賤《しづ》山がつは、日夜心をつくして、やきぬる炭をば、世渡る*よすがに売りつくして、帰る夕には、をのが身をば、青柴にてふすべ侍《はべ》る哀れを」――生きていくことがやっとの、貧しく賤《いや》しい山人は、毎日必死の思いで焼いた炭は、世の中を渡って行く糧《かて》に全部売ってしまい、市から帰る夕方には、自分の身は、刈ったばかりの雑木の枝を燃やして暖まる。その哀れな事を詠んだ、と自ら説明を加え、山人の渡世《とせい》の苦しさを見つめている。生きるのに精一杯の貧しい毎日の様子を、付句で淡々と見事に表現した、心敬自讃の句である。

休め字（語調を整える、特に意味はない言葉のこと）。」（心敬『私用抄』）。○帰るさ―帰り道。

＊朝市に世をわび人の…―芝草内連歌合・三〇一三。

＊生きるのがやっとのありさま―「憐《あは》レムベシ身上衣《ころも》マサニ単《ひとへ》ナルヲ　心ニ炭ノ賤《やす》キヲ憂《うれ》ヘ天ノ寒カランコトヲ願フ」。

＊よすが―方法・手だて。

19

夏の来る南の風や匂ふらん

形見《かたみ》の帯の短夜《みぢかよ》の空　**心敬**

【出典】竹林抄・恋下・八八五

（前句）夏の到来を告げる南風にのり、夏の匂いが薫ることよ。（付合）昔中国で、南風になって恋しい妻のもとを訪れようといった男が、妻に与えた形見の帯、その帯のように短い夏の夜の、夜空に風が薫《かお》るのだ。

前句は、夏の到来《とうらい》を告げる南風に、季節の匂いがあることを詠む句。夏の風は南から吹くのが常であり、夏野《なつの》の草いきれを思わせる、明るく、強い調子の前句である。この前句を、季節はそのままに、『*捜神記《そうじんき》』の逸話《いつわ》によって夜の恋の句にとりなした。

前句に関して、『竹林抄』の注釈書は、*柳公権《りゅうこうけん》の詩句「*薫風南ヨリ来タリ殿閣微涼ヲ生ズ」を翻案《ほんあん》した句と指摘する。中国の有名な古詩の一節を和句《わく》

*捜神記—中国東晋《とうしん》の時代に干宝《かんぽう》が著した志怪《しかい》小説（怪奇現象を記した説話集）。
*柳公権—中国唐の政治家、能書の人（七七八—八六五）。
*薫風南ヨリ……—柳公権が仕

に翻案し、連歌に用いることは、本説取《ほんぜつどり》として、連歌師のよく用いる基本的な手法である。この句の載る『＊古文真宝《こぶんしんぽう》』は、室町時代に禅林《ぜんりん》に伝来しており、心敬周辺の連歌師や僧もさっそく連歌に詠みこんだのであろう。

心敬は、自身の付句《つけく》に関して、妻を皇帝に奪われた唐《とう》の男が、形見として自分の手の皮をむき、帯に添えて妻に与え、「私の心の歎《なげ》きが痛切となったら、南の風になって、必ずあなたのもとに通おう」と約束し、死んでしまったということを詠んだと説明する。前句の付所《つけどころ》の眼目《がんもく》は「南の風」。この語を媒介《ばいかい》にして、恋しさの余りに男の魂魄《こんぱく》が南風となり、女のもとを訪れたと前句の情景を読みとったわけである。さらに「形見」を「片身」と掛け、半分の長さの短い「帯」ということからも、夏の「短夜」を引きだした。

付句を中国の逸話の場面として、時空を超え、さらに時分《じぶん》を夜に定めて意表を突いた。短句《たんく》（七・七）であるのに、その短い内に前句に縁のある語句（形見・帯・短夜・空）がおさめられ、しかも前句からきっぱりと離れて新境地を呼び込んでいる技《わざ》があざやかである。

えた文宗の句「人ハ皆炎熱ニ苦シム。我ハ夏日ノ長キヲ愛ス」に唱和した句。青葉の匂いをこもらせた夏の風が南から吹き、天子の宮殿にはかすかに涼しさが生じるとの意。

＊古文真宝―漢代から宋代までの中国の古詩や文章をまとめた書。柳公権の句は、漢詩をおさめた前集に入っている。

20

心の通ふ夕べにぞなる

立ち出でて都《みやこ》忘れぬ峰の庵《いほ》　心敬

【出典】竹林抄・雑・一二六四

（前句）あの人に会いたくて、私の心が恋しい人のもとへ飛んで行く夕暮れ時になったことよ。（付合）なつかしい都に、自然と思いを馳せてしまう、そんな夕暮れ時になったことよ。自分の意志で都を離れ、高い山の峰に庵をむすんではいても、夕暮れ時には、どうしても都を忘れることができなくて、庵から歩みでて都の方を眺めてしまうことだ。

*百韻《ひやくいん》全体を通して、常にゆるやかに内容を変化させていくのが、連歌であり、*連衆《れんじゆう》は、*宗匠《そうしよう》の指導の下、走馬灯《そうまとう》のように変わる詩句をつくりあげねばならない。それゆえ、百韻の進行のために、前句の語句をいかに読み替え、新しくとりなしていくかが、付句《つけく》の作者の腕の見せ所。目立たないが、

*百韻―連歌の一巻（百句）。

*連衆―連歌を作る一座の参加者。七、八人から十人程度で一つの連歌を完成させることが多い。

前句の意味の転換にも妙《みょう》がある付合《つけあい》である。

前句は、「心」の内容が特定されていないが、前句一句では、「通ふ」という言葉から恋のイメージが連想され、「私の心が恋しいあの人のもとに飛んで行く、恋の思いがつのる時間帯、夕暮れ時になったことよ」と理解できる。おそらく百韻の中では、前句とそのもう一句前の句との組は、恋の情景をつくりだしていたであろう。

ところが、この前句とつながり、二句で一つの意味を持つことを求められている心敬の付句には、恋のイメージの言葉がなく、季節を表わす言葉も見あたらない。それゆえ、付句は、山中の庵《いおり》の生活ぶりを描写した雑《ぞう》*の句であり、付句の意味から前句の「心」は、かつて住んでいた都を懐かしむ思いであると見なされる。

心敬は、自句を、「世間から遠く離れた山奥に暮らす出家者も、友人が訪ねてきて帰る夕方などには、なごりおしさにひかれ、思わず庵から歩み出て、遠く離れた都を恋しく眺めやるものなのだ」と説明する。若き日、比叡の奥で修行をした経験からも、岩木《いわき》ではない人の心の、その揺れを許し、望郷の情景を詠もうとした。

＊宗匠―連歌の場において進行を差配する指導者。

＊雑の句―四季の情景や、恋、離別などの特定の強い感情を表わすジャンル以外の句をこのように呼ぶ。

21

奥深き道を教への便りにて

犬の声する夜の山里　　心敬

【出典】新撰菟玖波集・二八七七

（前句）深遠な道理を仏教の教えのよすがとして。（付合）夜の山里には、犬の声だけがしている。山奥へと続く道を行く旅人は、その声だけを人里を知る手だてにして心細く進んでいくのだ。

【語釈】○便り―よりどころ。手がかり。

前句は、仏道の教えを詠む釈教《しゃっきょう》の句。「道」とあるのを具体的な道とよみかえ、「奥深き」を山奥と見なして、夜の山道を描いた句にとりなした。さびしい山里では、人家《じんか》のありかも鬱蒼《うっそう》とした木立に遮《さえぎ》られてわからない。夜の闇の中、心細い道すがら、耳にしてほっとするのが、里人《さとびと》の飼い犬の吠える声である。聴覚に焦点をしぼり、くっきりと句境《くきょう》を変えている。加えて、連歌の場において、山里の犬の声は、単に実景《じっけい》を表す素材というのではなく、『源氏物語』浮舟《うきふね》巻を彷彿《ほうふつ》とさせるイメージを持った語句である。薫《かおる》が宇治に隠し住まわせている女性、浮舟のもとに、こっそり忍んできた匂宮《におうのみや》。彼が忍び入ろうとすると、「里びたる声したる犬どもの出で来てののしる」——田舎っぽい声をした犬たちが出てきて騒ぐ。夜が更《ふ》けても犬がうなり続けていて近づく事ができず、匂宮は胸もはりさける思いでやむなく帰っていく。浮舟巻で繰り広げられる二人の貴公子の恋争いの緊迫《きんぱく》した場面を表現する印象深い言葉が、夜の山里の「犬の声」であった。この句も、表面には出さないが浮舟の巻の内容を感じさせ、犬の声は、特別な心細さを思わせる言葉として効果的に働いている。

後には「里びたる犬の声にぞ知られける竹より奥の人の家居は」*（藤原定家）という和歌も詠まれ、山里の犬の声は、隠遁《いんとん》のイメージを広く表わす語句にもなった。竹に囲まれた山里の家のさまも、中世の連歌師は好んで詠んでおり、心敬にも「鳥の声々聞くぞ寂しき」という量阿の前句に付けた「住む里も竹より奥はかすかにて」（小鴨千句）という句があった。

＊里びたる…――玉葉集・雑三・二二五七・藤原定家。

22

名もしらぬ小草《おぐさ》花咲く川辺《かはべ》かな　親当

芝生《しばふ》がくれの秋の沢水　心敬

【出典】文安四年八月十九日何人百韻

（発句）名前も知らない小さな草の花の咲いている川のほとり。（脇句）芝の生えているあたりを見え隠れしながら流れている秋の沢辺の水よ。

文安四年（一四四七）八月十九日に行なわれた百韻連歌《ひやくいんれんか》から、第一番目の発句《ほっく》と、続く心敬の脇句《わきく》である。いずれも名句として名高い。

発句は、作者親当《ちかまさ》の句集によれば、「中川のわたりにて」と前書きがあり、中川の情景とされている。中川は現在の京都御所の東、東京極大路《ひがしきょうごくおおじ》（今の寺町通）沿いに流れていた川。この川の名は、京の人々にはなじみ深い。また同時に、『源氏物語』帚木《ははきぎ》巻に描かれた、中川の水を塞《せ》き入れた風雅《ふうが》な紀《き》

【語釈】○親当―蜷川智蘊《にながわちうん》。心敬よりやや世代が上の連歌作者。この百韻では発句を詠み、指導者役をつとめている。

伊守《いのかみ》の館で起こる光源氏と空蟬《うつせみ》の恋愛をも思い出させ、物語のイメージをまとわりつかせた、優美な名でもあった。発句ゆえに、連歌が行なわれた当日の季節のありさまを詠むのが約束である。陰暦《いんれき》八月、季節は秋の半ば、実景そのものでいて、やさしく穏やかに整えた詠みぶりの川べりの様《さま》である。

心敬の脇句は、芝に隠れる沢水の景。芝は、現在の芝生よりも丈の高いイネ科の植物をいう。細長い葉で野原を覆《おお》い、水の流れを隠すのである。

さて、百韻においては、脇句は発句に寄りそうように付けるものであり、詠む季節は変えず、新しく印象の強すぎる素材を出しもしない。発句のイメージをこわさずに、静かに百韻を進み出させる地味な存在である。心敬も、ここでは発句の情景をよりズームアップし、流れる水に視線をあてて、場面により近づいた視点で詠むにとどめる。しかし、彼が選んだ「秋の沢水」という言葉の玲瓏《れいろう》たる水のイメージによって、発句のあたたかみのある川辺の情景から一歩すすんで、次第に寒さに向かう秋という季節の流れが呼びこまれていよう。親当も「秋」を詠み入れた心敬の感性をほめたたえたという。

23

やすきかたなきそはのかけはし　貞興

鳥《とり》も居ぬ古畑山《ふるはたやま》の木は枯れて　心敬

【出典】落葉百韻

（前句）容易に渡れそうもない、けわしいがけにある梯《かけはし》の様。（付合）あたりはもはや、鳥もいない荒れた古畑が残るだけの山となっていて、立木も冬枯れてしまっていて。

京都本能寺《ほんのうじ》にて開催された連歌会での作。寛正《かんしょう》元年（一四六〇）頃の陰暦十月二十五日に行なわれたと推定されている。この連歌は、本能寺の僧日明《にちみょう》が主催者となり、心敬を宗匠《そうしょう》に迎えて催したもので、発句を時の権力者一《いち》条兼良《じょうかねら》にもらった、晴れの席の百韻。正徹の和歌の弟子である畠山氏に仕える武士や僧たちが、連衆《れんじゅう》として参加した。法華宗寺院で、守護大名《しゅごだいみょう》クラ

【語釈】○そは（読み「そわ」）のかけはし―崖沿いに、棚のように板をさしかけて造った道。

【本歌】「古畑のそはの立木にゐる鳩の友呼ぶ声のすごき夕暮」（新古今集・一六七

スの武士の家臣《かしん》たちや連歌師《れんがし》と僧とが、盛んに連歌で交流していたであろう、この頃の文化の様相がわかる百韻である。

貞興の詠みいだした前句は、崖《がけ》づたいの山の細道の場面である。緊張しながら伝って行かねばならない危険な山の急斜面。心敬は、落ちないように足元に集中させていた視線をあげて、あたりをふと見渡した旅人の眼に映《うつ》る情景に、句を持って行く。今では誰も耕《たがや》さず、人影もなく打ち捨てられるままの崖ぎわの畑。木は冬枯れ、鳥もとまっていない。本歌《ほんか》である西行の和歌では、古畑*近く、鳩《はと》がまるで友を呼ぶかのように鳴いていた。心敬は、西行歌を思いつつも、西行歌の情景からさらに時間を経《へ》た様子を表現している。鳥も去り、いつしか木も葉を落として立ち枯れた今となっては、人恋しさも拒絶するかのような、究極《きゅうきょく》の寂しさをたたえた山となった。

この句は百韻の連歌のちょうど半分を過ぎた三折表《さんのおりおもて》の第一句。百韻の後半のスタートにあたっており、宗匠は連衆の句作を促《うなが》すべく配慮する。心敬は、細く続く崖ぞいの道を詠む前句を受けて、連衆がよく知る西行歌から山の情景を詠みいだして詩境《しきょう》を広げ、鳥、畑、木といった次句の作句のきっかけとなる素材を巧みに加えている。

四・雑中・西行)。

*古畑―耕す人がいなくなり放置された畑。

24

分けゆけば乱れあひけり野辺の露　頼宣

風のみ残る人の古郷《ふるさと》　心敬

【出典】寛正五年熊野千句第一百韻

（前句）草を分けて進んでいくと、野辺の露は互いに乱れて落ちて行くことよ。（付合）露がこぼれ消えて、今は風だけが残って空しく吹いている。そんな風と同様、寂しく一人残って待つ人がいるだけの、忘れられた古郷。

この句は、『熊野千句』*第一百韻《だいいちひやくいん》の九十一句目と、九十二句目で詠まれた前句と付句。『熊野千句』は、管領《かんれい》細川勝元《かつもと》とその家臣たち、心敬、宗祇、行助、専順の連歌師が張行《ちようぎよう》した千句であり、成立の時期は正確にはわからないが、寛正五年（一四六四）春かと言われている。名前の由来は、熊野権現《くまのごんげん》に奉納された法楽《ほうらく》の千句ということから。さまざまに祈願の思いを込めて、神

【語釈】○古郷―かつては、人がやってきたが、今はもう来ない忘れられた土地。

*千句―百韻を十集めて一まとまりにした作品。

や仏に百韻、千句を奉納することはよくあることであった。

前句は、秋の野辺の様子。丈高《たけたか》い草の中を歩み、野を分けて進んで行くと、草にたまっていた露が風にふかれて乱れ、あちらこちらへと散り落ちる。やや肌寒くなってきた時期の寂しい野原、落ちる露は夕暮れの寒さに置いた夕露《ゆうつゆ》であろうか。夏の間に丈高く茂った野草も、今はもう衰えを見せ枯れはじめているが、そんな草の茂みから、風に吹かれて散り落ちる小さな露の動きを表現した。

心敬の句は、草葉の上の露はもう落ちてしまったが、野辺は風だけが寂しく吹き続けている、そんなあたりの様子を詠んでいる。夕露はこぼれ落ち、日の光も薄らいで消えて行く、暗さがたれこめてきた古郷《ふるさと》である。さらに「風のみ残る」と「残る人」と二重に重ね、寂しい古郷に残された人を表現する。『古今集』の名歌「人はいさ心も知らず古郷は花ぞ昔の香に匂ひける」*(紀貫之《きのつらゆき》)から、古郷には、なつかしく、年を経ても変わらぬ姿の自然が存するイメージがある。そこには、時がたち、誰も来なくなっても、昔通りに暮らし、今も待っているそんな「人」もいるとした。変わらぬ思いの人が待ってくれている、そのなつかしさとせつなさが交錯《こうさく》する句である。

＊人はいさ……―古今集・春上・四二・紀貫之。人の方はさあ、どうだろう、変わってしまっているのか、どんな気持ちなのかわからないけれど、古郷では、春がめぐってくると毎年咲く花だけは、昔のままの香に咲き誇っていることよ。

【補注】

正徹20歌【詞書】

三月中旬は、花盛りなりしかども、雨風に何方《いづかた》をも見侍らずなりぬるに、十七日、北野松梅院の女方より、八重桜を折りて島破子《しまわりご》色々なるを贈られ侍るに、花の露をよく見れば、移るばかり匂《にほひ》深く侍るは、万里香《ばんりかう》といふ香を露になして箔《はく》など押されたるなるべし、過ぐしがたくて、返り事に申しおくりし。

（旧暦三月の半ばは、桜の花の盛りだったが、雨風にどちらの桜をも見ないままになってしまったのですが、十七日に、北野松梅院にいる女性から、八重桜を折ったのと、色とりどりの縞模様のある容器を贈られましたところ、花の露をよく見ると、香りがこちらにうつらんばかりに深く匂っています。こんなふうなのは、万里香という香を露の形に作って、箔などにして押されているのであった。そのままに見捨てておけなくて、返事として申し送った歌）

正徹21歌【前書】

朝の雲・夕べの雨を眺めし人も、今は昔の夢となり、花の春・紅葉の秋に心をよせしたぐひ、いづれか幻のほどならざりし。朝霧と共に立ち出でて見るに、夜の間の庭の跡方なさ、千百人とかや並みゐたりし御堂は、いつしか嵐に塵を払ひ、数知らず男女立ち混みたりし野辺も、朝霧深き草の原ばかりなり。昨日は栄え今日は衰へ、逢ふは別れ生まるるは死する事、もとより定まれる世の習ひも今さら驚かるる心地して、老いの袂をしぼり侍るにも、三十年《みそとせ》余りにや、この御経に縁を結びたてまつりし、いかなる故にかと頼もしくおぼえて、なほ一人たたずまれ侍るに、松の嵐激しく吹くるに、杜《もり》の木の葉のみ乱れて人影もせず。

（早朝の雲や夕暮れ時の雨をいとしい人の面影と思って眺めた人のことも、今は昔の夢の話となってしまい、春の花盛りの時や秋の紅葉の時に心をよせ、その時を愛でた人たちも、いったい誰が、死んで幻にならなかった人があろうか、誰もが死んでしまう。朝霧がたちこめるのと一緒に外に出てみると、一夜を経る内に、庭は何もなくなって、千百人もの人たちが並んで座っていたとかいう御堂は、いつのまにか嵐に塵だけが吹き払われており、数知れないほどの男女で混み合っていた野辺も、今では朝霧がたれこめる草深い野原があるだけとなっている。昨日は栄えていてももう今日は衰え、出会いがあれば別れがあり、生まれればいずれ死ぬと、もとから定まっている世の中のおきても、今さらながらわかった気持ちがして、この年取った老人は袂を涙でしぼりますが、それにしても、この三十年余りもでしょうか、私がこの北野の御経に縁を結んで聴聞いたしてきましたのは、どのようなゆかりがあってのことだったのかと心強く思われて、まだ一人でたたずんでいますが、松に嵐が激しく吹いているところに、森の木の葉が乱れ落ちるだけで人影もない。）

正徹22歌【本文】

暮山雪はこの程の歌の中には、これぞ詠み侍ると存ずるなり。（歌略）雲が跡なき雪を渡りかぬるといふ事はあるまじきなり。（以下中略）かやうに行雲廻雪の体とて、雪の風にふかれ行きたる体、花に霞のたなびきたる体は何となくおもしろく艶なるものなり。飄白《ひやうびやく》としてなにともいはれぬ所の有るが無上の歌にて侍るなり。みめのうつくしき女房の、もの思ひたるが、物をもいはでゐたるに、歌をばたとへたるなり。物をばいはねども、さすがにものおもひゐたるけしきはしるきなり。又をさなき子の二、三なるが、物を持ちて、人に「是々《これこれ》」といひたるは、心ざしはあれどもさだかにいひやらぬにもたとへたるなり。さればいひのこしたるやうなる歌は、よきなり。

（「暮山雪」という題では、最近の歌の中では、この歌こそうまく詠んだと思っている歌である。（歌略）雲が「跡なき雪」を渡りかねるということは本当はないことだ。（以下中略）こんなふうに行雲廻雪の体といって、雪が風に吹かれていく様、花に霞がたなびいている様はどことということなくおもしろく優美なものである。微妙に奥深く、なんともいえない所があるのが、この上なくよい歌なのである。みめ美しい女性が、物思いをしていて黙っているのに、歌をたとえるのである。物は言わないけれども、やはり物を思っている様子ははっきりみてとれるのである。また、幼い子で二、三歳くらいのが、物をもって、人に「これこれ」と言っていて、気持ちはあるがはっきりとは言えないということにもたとえられる。であるから、全部言わないで言い残したような歌は、よい歌なのである。）

歌人略伝

正徹は、永徳元年（一三八一）生まれ。備中国小田郡小田庄城主の一族かとされる。初名は得清・正清、出家し正徹を名乗った。字《あざな》は清巌。庵号は松月庵。十歳頃に初めて和歌を詠じ、二十代から作歌活動に入った。応永二十一年（一四一四）、三十四歳で出家し、東福寺に入り書記をつとめた。応永末年から永享年間は、京洛《きょうらく》における武家主催の歌会に多く参加、精力的に活動、しかし、将軍足利義教《よしのり》の忌避《きひ》にあい、『新続古今集』には入集《にっしゅう》しなかった。義教死後は正広などの直系の弟子、武家や連歌師たちの門人を持ち、広く勢力を誇った。長禄三年（一四五九）、没。七十九歳。源氏学者としても名高く、藤原定家に傾倒した歌論は、『正徹物語』にうかがえ、正広の編纂した家集『草根集』に約一万一千首を残す。

心敬は、応永十三年（一四〇六）、紀伊国名草郡田井庄に生まれた。比叡山横川《よかわ》にて修行、東山十住心院《じゅうじゅうしんいん》に入寺、権大僧都《ごんだいそうず》に至った。初名は連海（もしくは蓮海、房号）、次いで心恵、後に心敬。二十四、五歳頃から正徹に和歌を学ぶ。連歌においては永享年間以降、宗砌《そうぜい》、智《ち》蘊《うん》らが主導する連歌界に次第に地位を固め、和歌の方面でも、京洛の武家歌壇において活躍していく。ただ、師正徹とは必ずしも歌風の点で一致せず、両者間の感情も複雑であった。応仁元年（一四六七）、応仁の乱を避けて関東に下向《げこう》、文明三年（一四七一）、さらなる関東の内乱に、相模国大山山麓の寺に入り、都に戻ることなく文明七年（一四七五）没。七十歳。連歌論書に『ささめごと』『ひとりごと』『老いのくりごと』等。自撰句集に『心玉集』がある。

略年譜

年号	西暦	正徹年齢	事蹟	心敬年齢	事蹟
永徳元年	一三八一	1歳	正徹、備中にて誕生		
応永三年	一三九六	16歳頃	奈良の門跡に出仕		
一二年	一四〇五	25歳	今川了俊から冷泉家歌書の相伝を受ける。		
一三年	一四〇六			1歳	紀伊国名草郡田井庄に誕生
二一年	一四一四	34歳	出家して東福寺に入る		
二五年	一四一八	38歳	「なぐさみ草」の旅に出る		
永享元年	一四二九	49歳	この前後多くの弟子を持つ	14歳	この頃正徹の弟子となる
二年	一四三〇	50歳	「法のむしろ」を書く		
四年	一四三二	52歳	火事に遭い、詠草二万数千首を失う		
五年	一四三三			28歳	将軍足利義教主催北野社一日一万句連歌に参加
一一年	一四三九	59歳	この年の新続古今集に入集せず		
嘉吉二年	一四四二			37歳	正徹らにまじり法華経序品

宝徳元年	一四四九	69歳	東野州聞書始まる		和歌に出詠
享徳元年	一四五二	72歳	将軍家にて源氏物語を講義。康正元年（一四五五）まで続く		
二年	一四五三			48歳	小鴨千句第四百韻の発句を詠む
長禄三年	一四五九	79歳	死去		
寛正四年	一四六三			58歳	紀伊国にて寛正百首、「ささめごと」を著す
文正元年	一四六六			61歳	自選句集「心玉集」を編む
応仁元年	一四六七			62歳	応仁の乱を避け関東に下向
二年	一四六八			63歳	「ひとりごと」「連歌百句付」を編む
文明二年	一四七〇			65歳	大田道真主催の川越千句に出詠、猪苗代兼載と白河関を見物
三年	一四七一		◎文明五年『草根集』原形本成る	66歳	相模国大山山麓の寺に入る、また「私用抄」「老いのくりごと」を著す
七年	一四七五			70歳	相模国大山山麓にて死す

解　説　「正徹から心敬へ――定家の風を継いで――」――伊藤伸江

正徹の時代の京都歌壇

正徹が和歌を本格的に学んでいた応永年間（一三九四―一四二八）の初め、それまで朝廷の和歌を主導してきた二条家は断絶し、代わって今川了俊《いまがわりょうしゅん》の庇護を頼みに、冷泉家の為尹《ためまさ》が和歌師範の地位についた。だが、永享年間（一四二九―一四四一）になると、将軍足利義教《よしのり》は、飛鳥井家を尊重して、冷泉家を幕府の歌会に召さず、冷遇した。勅撰集撰集においても、義教の命により、飛鳥井雅世を撰者として『新続古今《しんしょくこきん》和歌集』が選ばれた（永享十一年）。文安・宝徳期（一四四四―一四五三）に至っても、朝廷の歌会の指導者は飛鳥井家か、二条派の尭孝《ぎょうこう》が占め続け、冷泉家の力が回復することはなかった。

正徹は、十代の頃に今川了俊らについて和歌を学びはじめており（正徹物語）、了俊から冷泉為秀伝来の歌書なども譲り受け、冷泉派の歌人として頭角を現した。彼は僧位僧官を持たず、朝廷や公家《くげ》の歌会には縁が薄かったが、京洛で盛んに守護大名たちの歌会が行なわれた永享年間には、多くの会に出席し、精力的に弟子を集めた。将軍義教の冷遇は、正徹にも及んだようであるが、義教の亡き後、正徹は、和歌や源氏物語の師として、足利義持や細川満元ら武家たちに信奉され、冷泉家や、冷泉家の庇護者的役割を果たしていた一条家当主兼《かね》良《ら》と関係を持ちつつ、京洛の歌壇に独自の地位を保ち続けた。

一方、断絶した二条家流の歌学は、頓阿《とんな》の子孫である堯尋《ぎょうじん》やその子常光院堯孝《ぎょうこう》により受け継がれている。堯孝は、法印権《ごんの》大僧都であり、朝廷や公家邸に出入りできる身分であった。それゆえ、彼は飛鳥井家と親交を持ちながら、朝廷、将軍家の歌会に出席し、正徹よりも公家と深い関係を持ち、また武士たちとも盛んに交流し、公武に勢力を張っている。両者はいずれ劣らぬ歌人として、広く門弟を集めた重鎮であった。

もはや和歌は、正徹のような存在感のある地下歌人《じげかじん》によって広められ、在野の僧や、幕府の官人、京に滞在する地方の守護大名たちによって広く支持され、受け入れられ、担われる時が来ていたのであった。

正徹と和歌

ほぼ同じ時期に活躍した正徹（一三八一―一四五九）と堯孝（一三九一―一四五五）のところには、門人にしてもらいたい地下《じげ》の武士たちがつどった。その一人が東常縁《とうのじょうえん》である。彼の著書『東野州《とうやしゅう》聞書』は、宝徳元年から二年にかけて、常縁がこの両僧のもとに足しげく通い、それぞれから歌話を聞き、最終的に二条派に入門した体験の記録ともなっている。常縁は、どちらの流派に入門するかを最終的に決めるまで頻繁に正徹を訪問しており、その常縁に対して、正徹は、堯孝の発言を充分意識し、暗に否定しながら、自論を教えている。正徹の堯孝に対する隠れた競争意識も見えるところである。

正徹と相対《あいたい》した常縁は、正徹について「古歌難儀などを申されんは、鏡の如くなるべし」、つまり、古歌の難解な意味を説明したりする時には、まるで鏡のように曇りない解答をなすと言う。正徹の学識の高さを認めた発言である。ところが、詠む歌には「いささか思ひ所の侍る」という。つまり、歌の詠みぶりは、いささか問題があると考えている。常縁の理解は、正徹の歌は趣向をこらしすぎているというもので、二条派側に立った見方としては、ごく普通のものであった。他人と違った歌を詠もうといつも試みているから、自分の和歌は余りよくないのだと述べたこともある正徹自身、よく自覚していた事柄であったろう。

『東野州聞書』によれば、堯孝ら二条派の和歌の詠みぶりは、「白雲の春はかさねて立田山をぐらの峯に花匂ふらし」という和歌で代表されると、正徹は言う。『新古今集』の藤原定家の歌だが、歌柄の大きい、おだやかで整った詠みぶりである。一般に平淡美と言われる二条派の和歌の作風を形容していよう。これに対し、冷泉派の和歌は、いろいろな詠みぶりをよしとしており、あえて範《はん》とするなら「うつりあへぬ花の千草《ちくさ》に乱れつつ風の上なる宮城野の露」であるという。こちらも『続後撰集《しよくごせんしゆう》』に入る定家の歌で形容している。二条派の方に出された例歌とはうってかわって自由な、軽い趣きのある詠みぶりであろう。このような両派の明らかな違いは、かつて今川了俊が盛んに指摘し、冷泉派の優位性を唱えたところであった。

正徹は定家の肖像画を座敷に飾っていたが、その絵に添えられた賛《さん》の歌は、「敷島の道を極めて上ぞなき仰がざらめや定家《さだいえ》の風」であったという。ことほどさように、正徹は定家の歌風を信奉し、冷泉派歌人としてふるまいながらも、実は「かなはぬまでも、定家の風骨《ふうこつ》をうらやみ学ぶべし」と、定家の歌風を直接学ぼうとしている。そして、『拾遺愚草《しゆういぐそう》』（藤原定家の家集）や『新古今集』をいつも見て学べと主張していた正徹が理想とした歌体は、幽《ゆう》玄体《げんてい》であり、本書でとりあげた例歌があらわすような、感覚的、幻想的で妖艶な和歌であった。この歌体は、二条派和歌のつくりあげようとする平淡美とは遠く離れ、冷泉派の範疇をも越えており、和歌の姿が特異な歌人としての、正徹の立ち位置を定めたのであった。

心敬の連歌論

本書ではあまり触れられなかったが、心敬は、晩年に多くの連歌論書を著している。彼の連歌論は、他の連歌師が著した書のように連歌作法に多くのページを割いた無味乾燥な形式ではなく、むしろ連想にまかせて話を進めて行くエッセイ風な語り口に特色がある。また、連歌の目指すべき境地は、和歌のめざすべき境地と全く変わるところがないと言い切り、和歌と連歌を同等の地位に置き考える姿勢で著した連歌論であるところにも大きな特徴がある。

心敬は、その連歌論において、幾度も、永享年間（一四二九―一四四〇）の和歌、連歌の隆盛《りゆうせい》の様をふりかえり述べている。永享年間には正徹の薫陶《くんとう》を受けた連歌師たちが世にあらわれ、それゆえに連歌の正道が盛んとなったと考えているのである。心敬は、また俊成、定家の歌境をひたすらにめざして学ぶという正徹の思いを聞き記しており（「「くだりはてたる家をば尊まず。ただ俊成・定家のむねのうちを学び侍る」とつねに語り給へる」（所々返答））、自らの師、正徹こそが、藤原俊成・定家父子から流れ出す正統な和歌の教えを連歌に注ぎ込んでくれる存在であったと考えていた。

さらに、五十八歳で著した連歌論書『ささめごと』において、自らの目指す境地を、「寒く冷えやせ」た和歌、連歌と表現している点にこそ、彼独自の最大の特徴があった。心をとぎすませて詠み出すことを「しみこほりていひ出す」と表現し、寒さ、冷たさ、少なさを表す表現で、和歌連歌の至高の高みを独自に描きだそうとするのである。彼は、こうした願いを「言の葉に寒き色添ふ風もがな」と発句《はっく》にも込めて詠み出している。この発句に関する心敬の自注は、凍りつくような冷たさをそなえた木枯らしの風に、自分の和歌や連歌も冷やされて、暖かい、すなわち魯鈍《ろどん》で甘い、いいかげんな部分がなくなってほしい、余計なものを削ぎ落とした透徹《とうてつ》した歌境に到達するようになってほしいというものである。また、「言の葉に雪をめぐらす風もがな」という発句も詠んでおり、こちらについては、和歌の詠風に用いられた行雲廻雪体《こううんかいせってい》という用語から、自らの歌句に、廻雪体のような幽玄な趣を添えたいという願いを込めたものと注している。廻雪体というのは、雪が風に漂い舞うような風情という名からも推測されるように、幻想的な幽玄美をあらわす歌の様であり、この行雲廻雪体こそは、正徹が最も理想とした和歌の様子であった。

心敬の願い求める歌句とは、正徹の理想とする歌体を受け継ぎ、さらに冷えやせた厳しさを加えた歌句なのであった。

心敬と連歌

心敬は、生涯を通じて歌道に精進《しょうじん》し、和歌、連歌いずれもよくした。だが、五十代を過ぎる頃から、連歌活動に主軸を置きはじめる。一世代前の連歌師宗砌《そうぜい》が没し、京都の連歌界は指導者の代替わりの時期を迎え、心敬の活躍の場が用意されたのであった。この時期は、和歌の師正徹の最晩年にあたっており、心敬は正徹と関係の深い畠山氏等の連歌会席に宗《そう》匠《しょう》として出座し、和歌のみならず連歌の際にも関わることで、あらたに独自のつながりをつくっている。彼の出座した連歌会には、法華宗寺院で行なわれたものもあり、こうしたつながりから、応仁の乱の際には、法華宗信徒の助けを得て、関東、品川の法華宗寺院に難を逃れたのであった。

その後は、関東にあって太田道真ら在地武士に各所で連歌を指導し、猪苗代兼載《けんさい》らを弟子とし、活発な足取りを残している。応仁年間、東国にあっての発句に、「雲はなほ定めある世の時雨かな」（新撰菟玖波集《しんせんつくばしゅう》）という句を詠んでいるが、時雨を連れてくる雲は定めなく空を漂うもの、だが、その雲よりもさらにとらえどころなく有為転変《ういてんぺん》するこの世の中よと、詠まれた心情は、乱世に翻弄され、都から東国へと漂わねばならなかった心敬のひたすらな歎きそのものであった。東国滞在は、心敬にとっては到底本意とは言いがたかった。

とはいえ、連歌界の重鎮《じゅうちん》である心敬が関東に滞在する幸運に、指導を求める者はひきもきらず、この時期の心敬は、彼らに多くの連歌論（所々返答・ひとりごと・老いのくりごと）を与えている。宗祇《そうぎ》、兼載という、後の連歌界の支柱になる巨匠たちもそろって心敬に道を問うた。応仁の乱がもたらした晩年の心敬の流浪は、彼の心中の思いとはうらはらに、多くの実りを連歌の歴史に与えたのであった。

心敬と宗祇

心敬の連歌の後代への影響を考える時に、宗祇を抜きにしては語れない。心敬の薫陶を受けた宗祇は、後に『竹林抄』『新撰菟玖波集』と大きな撰集を編纂、その中に心敬の句を数多く入れたが、両集は後代、連歌師の必読の書となり、大きな影響を及ぼしたのである。

三十歳を過ぎてから連歌師として立って行くことを決意した遅咲きの天才、宗祇は、はじめ宗砌に師事し、ついで専順《せんじゅん》（専順は「補説　連歌とは何か」に引用した文安四年の賦何人連歌で第三を詠んでいる。）門下の連歌師として学んでいる。専順門にある寛正五年（一四六四）に、現存する百韻《ひゃくいん》、千句等から判明する限り初めて、心敬と宗祇は同席している。心敬五十九歳、宗祇は四十四歳であった。

二年後、宗祇は東国に下向し、その翌年、応仁元年には心敬も品川に落ち着き、宗祇が心敬の草庵に通っての両者の密な交流が始まっている。例えば応仁元年（応仁二年説もあり）に行なわれた何人百韻でも、二人はそろって参加し、心敬発句《ほっく》、宗祇脇《わき》から始めて、百韻の中で一方の句にもう一方が付けるという形を九回も見せていた。心敬の句に宗祇ならどう付けるか、また宗祇の句を心敬がどうとりなすか、両者ががっぷり四つに組んだ勝負の付合《つけあい》である。こうした意図的な作句の順番は、既に周囲が、宗祇の実力を認め、心敬といかに張り合えるか、その競演を楽しみにしていたことのあらわれでもあろう。心敬と共に一座に入った河越千句でも、宗祇は堂々の活躍ぶりを示す。心敬晩年の東国時代は、心敬と宗祇が親しく関わりあうことで、宗祇に大きな影響が与えられた時期でもあった。

しかし、心敬は、自らの詩学を貫く姿勢から、宗祇の師であった宗砌の連歌は、掛詞《かけことば》を使い過ぎ、作り過ぎた無骨な武士の連歌だと批判している（所々返答第一状）。加えて、宗祇の連歌も、一句をつくりこみすぎであって、付句《つけく》につめこんだ語句、意匠によって、前句にきっちりと付けようとばかりしていると言う（所々返答第三状）。心敬は、正徹の強い薫陶を受けたゆえに、和歌を学んではじめて連歌も実りある稽古が出来る、歌の上下の句の続きが理解できなくては、連歌の付合も勘所《かんどころ》もわからないと考えており、そうした心敬の目から見ると、宗祇の技巧は、和歌から離れた小手先のものであったのである。『新古今集』の和歌を言語を越えて玄妙《げんみょう》な境地に達したものと見、その作例を学ぶべきだとし、さらに加えて冷えさびた句境を求めようする心敬の教えは、宗砌、専順という、心敬とはまた別の連歌師たちから学んでいる宗祇にとっては、今までの自分の学習の仕方とは方向性の違う新しい考えであり、新たな刺激となった教えであった。

補説　連歌とは何か

本書は、心敬の芸術を理解するために、和歌のみならず連歌作品も掲出したが、こうした作品鑑賞にあたり、そもそも連歌とはどのようなものであるのかを説明しておきたい。

連歌は、和歌（五・七・五・七・七）を上の句と下の句とに分け、それぞれを別の人間が作りあうものである。上の句からはじめ、下の句をつけ、それにさらに上の句をつける、五七五→七七→五七五→七七→五七五…と、全部で百句（和歌五十首分・百韻《ひゃくいん》という）を集団で作りあげる。七、八人から十人ほどのグループ（連衆《れんじゅう》という）で集まり、指導者（宗匠《そうしょう》）のもと、直前の句と意味がつながりながらも、もう一つ前の句とは意味が離れていくように作ることで、全体として百韻が次々に場面、状況を変化させていくように詠んでいく。百韻を作る場を連歌の座《ざ》と言うが、百句すべてをその座の全員で苦吟《くぎん》しつつ作りあげる達成感、次に付ける付句《つけく》の腹案をいっせいに考え、早い者勝ちで出句する高揚感、句境が常になめらかに変わりつつあることを全員が体感し、共有する一体感などが一座に強い楽しみを与える。

百韻の一例として、文安《ぶんあん》四年（一四四七）八月十九日に行なわれた連歌（賦何人《ふすなにひと》連歌）を見てみよう。連歌は百句を懐紙《かいし》四枚に記録し、一枚目の表側には八句、裏側には十四句記載する決まりである。ここは懐紙一枚目の表を掲出する。

発句　名もしらぬ小草花咲く川辺かな　親当（季節・秋）

脇　芝生がくれの秋の沢水　心敬（季節・秋）

第三　夕ま暮霧降る月に鴫《しぎ》鳴きて　専順（季節・秋）

第四　夢をばかさじ床《とこ》のかりふし　忍誓（雑）

第五　山里は風こそあるじ問はば問へ　心孝（雑）

第六　落葉に残る松の下道　信（季節・冬）

第七　岩が根にこりしく雪を踏みわけて　早（季節・冬）

第八　朝の間とてや猶さえぬらん　友（季節・冬）

この百韻は、十三人の連衆で張行《ちょうぎょう》している。懐紙《かいし》には名前の一字を書く（一字名）のみなので、正確な名前がわからない連衆もいるが、百韻の最初は連衆が順に一句ずつ出詠し、全員が一句出し終わったら（一巡《いちじゅん》）、その次の句から早い者勝ちに思いついた句を出して行くことになる。ここは八句目までなので、一巡のうちである。

第一番目の句（発句《ほっく》）は、基本的には現実の張行時の光景から想《そう》を取って詠み、脇（脇句《わきく》）は、発句に気持ちを添え唱和するように詠むのが決まりである。この百韻では、秋の季節を川べりの草花の景で穏やかに詠む発句に、よく見ると草に隠れて沢水が流れていると、清澄《せいちょう》な感覚で水の情景を添えた脇となる。そして、第三の句では、時刻を夕暮れになし、霧がたちこめ月がのぼる下、鴫《しぎ》の鳴き声が聞こえるとはっきりした音声を添え、同じ秋の水辺ながら、あらたな景をたちあがらせている。百句の連なりに向けて、変化の始まりの句なのである。そして、四句目は、今まで秋の季節を詠む句であったのを続けることなく、季節感を表す語句のない雑《ぞう》の句を詠んでいる。はっきりと句境が変わったわけである。そして、五句目では、風吹く山里の景となり、六句目では、落葉散る山の冬の景となる。七句目は、同じ冬でも雪があらわれ、八句目は冬のままながら、時刻を朝として、朝ゆえの厳しい冷えこみかと問うた。この後、九句目は、新たに懐紙の裏となり、連衆の気分も一新され、採用された付句も「色こめて霞みにけりな春日影」と、霞濃い春の朝の句になっていくのである。

ざっと景の変化を見ておわかりであろうか。季節感を伴わないテーマとして、恋や旅、別れの悲しみ、神仏のさま、などの様子を詠みこみながら、全体としてまるで走馬灯のように話が移り変わっていく、それが連歌の百韻である。移り変わりがあでやかであったり、静かな中にいつのまにか違う光景になっていたり、百韻により特徴があるが、自然な様子でなだらかに移り変わっているほど、よい百韻となる。

こうした百韻のどこかの部分から、良い句を前句、付句セットにしてとりだして、その二句のつながりや変化の妙を鑑賞するのが句集（『新撰菟玖波集』、『新玉集』（心敬個人の自撰句集）など）の形式であり、本書も心敬の句に関して、その形式を取っている。ただ、二句一連では、やはりもう一つ前の句からの変化の様や、次の句での転換などを見て納得することができない。百韻の流れの中での様子が本来の姿であるから、二句一連の句に興味を持たれたら、ぜひ百韻そのものを気軽な気持ちでざっと読んでみてもらいたいと思う。連歌師、特にその場で百韻の句を決定していく宗匠の苦心のさまが見えてくるであろう。

読書案内

『草根集／権大僧都心敬集　再昌』（和歌文学大系66）伊藤伸江他　明治書院　二〇〇五
草根集（一部）、権大僧都心敬集共に伊藤伸江が担当。正徹と心敬のまとまった作品に同時に触れることができる。
○
『連歌論集　能楽論集　俳論集』（新日本古典文学全集88）奥田勲他校注・訳　小学館　二〇〇一
連歌論の中に心敬の『ひとりごと』を現代語訳・注付きで載せており、よみやすい。
『歌論　連歌論　連歌』（日本の文学古典編）奥田勲校注・訳　ほるぷ出版　一九八七
歌論の中に『正徹物語』の抄出を現代語訳・注と共に載せ、正徹の歌論理解によい。
『中世和歌集』（新日本古典文学全集49）井上宗雄校注・訳　小学館　二〇〇〇
『正徹物語』の抄出を現代語訳・注付きで載せており、正徹の歌論理解によい。
『正徹物語』（角川ソフィア文庫）小川剛生訳注　角川書店　二〇一一
章段分けを見直し、現代語訳を付けている。
○

『正徹の研究　中世歌人研究』　稲田利徳　笠間書院　一九七八
　正徹の研究書の決定版。
『心敬の生活と作品』（金子金治郎連歌考叢1）金子金治郎　桜楓社　一九八二
　詳しい伝記考証と百韻評釈があり、百韻の理解によい。
『心敬と宗祇』（島津忠夫著作集第四巻）島津忠夫　和泉書院　二〇〇四
　心敬連歌論の考察も収める。宗祇との関わりを宗祇側から見ることができる。
『室町文学の世界　面白の花の都や』　岡見正雄　岩波書店　一九九六
　心敬の連歌の本質に迫った論「心敬覚書―青と景曲と見ぬ俤」を収録。

【付録エッセイ】

正徹の歌一首

那珂太郎

『時の庭』（一九九二年　小澤書店）

鐘聲何方　沫と消ぬおきつ鹽あひにうかひ出る鐘のみさきの夕暮のこゑ

（『草根集』巻十）

おそらくこの歌をはじめて批評の俎上にのせたのは岡崎義惠（「思想」昭和二年五月號「正徹」――のち『日本文藝學』（昭和十年刊）に「正徹の風體」として收錄）であらう。六十餘年前の先驅的な正徹評價の文章の中で彼は次の樣に書いた。

かやうな作に於て、事實海邊の或夕暮に正徹の聽いた鐘聲が、彼の感情を動かして此作をなす動因となつたと考へる事は出來ない。誤つてさう考へると、笑ふべき虛僞と作意とのみ目に留る。其時拵へ物と見える架空の中に作者を歌はしめた眞實の契機がある。彼は「言葉で作らう」としたのである。それが本來の目的である。現實らしき構成に、自然らしき流露に顧慮する事なく、色々に言葉を置き、それを關係せしめ、其言葉の音や意味の

那珂太郎《なかたろう》（詩人）
［一九二一―　］詩集「鎮魂歌」、「現代能、始皇帝」。

映發し移動する狀態を味はしめる奥なる力に彼は奉仕してゐる。『草根集』は處々日記體にもなつてゐるが、多くは只作つた時を示すに過ぎない。其内容が其日の生活事變から來て居る事は稀である。彼はどんな題ででも作る。知る限りの材料、知る限りの主題で作る。何萬といふ歌を只作らうとするのである。

このいささか近代派風の、獨斷的すぎる見方は、岡崎が依つたと思はれる丹鶴叢書本『草根集』の詞書を故意に無視してゐる。それはいい。正徹が「言葉で作らう」としたと見るのは、間違ひではないから。しかし、この歌の「言葉」の一一がどのやうな歴史性を擔つてゐるか、そこには歌枕や本歌が介在してゐることなどを、まつたく顧みないのは片手落ち、むしろ詐術といふべきではあるまいか。

表記を少し書き改めて、もう一度歌を引かう。

沫《あわ》と消えぬ沖つ潮合にうかび出《いづ》る鐘のみさきの夕暮のこゑ

「鐘聲何方」といふこの題詠歌は、享徳元年（一四五二年）二月「十一日、修理大夫の家の月次に」として六首見える中の一首。作者七十二歳の作である。

「鐘聲何方」との題による以上、「鐘のみさきの夕暮のこゑ」は岬の夕暮に響く鐘の聲に違ひなく、それが「沫《あわ》と消えぬ」、即ち泡沫のやうにどこへともなく消え去ると唱ふのである。しかし消え去るものとしてここに呼び起されるイメェジは、鐘の聲ばかりではない、岬の姿も、潮合の泡も、すべて夕闇の中に消えて行くのだ。

ところでこの「鐘のみさき」は、また『萬葉集』巻七に、「ちはやぶる金の岬を過ぎぬともわれは忘れじ志賀《しか》の皇神《すめがみ》」と詠まれた歌枕で、現福岡縣宗像郡玄海町鐘崎、海の難所として知られる地をも指してゐるだらう。題に「鐘聲」とあるのに騙されてはいけない。鐘聲もたしかに鳴るには違ひないが、それと重ねて鐘崎の地名がはたらいてゐるのだ。そして正徹の腦裡には、右の萬葉の歌以上に、『源氏物語』「玉鬘」の巻の一節が甦つてゐなかつた筈はない。『源氏』は彼が歌人の必讀書に擧げ、屢〻自らその講釋をしたとりわけ親密な書だつたのだから。

この巻の冒頭部分、四歳の玉鬘が乳母に連れられてその夫太宰の少貳のもとに下る途中、鐘の御崎を過ぎる。このあたりで乳母の娘姉妹が、舟子どもの「うら悲しくも遠くも來にけるかな」と謠ふのを聞くままに、

(姉) 舟人も誰を戀ふとか大島のうらかなしげに聲のきこゆる
(妹) 來し方もゆくへも知らぬ沖に出でてあはれいづくに君をこふらむ

と互ひに詠み交して嘆《なげ》く。

この歌にみえる「大島」は今の鐘崎の西北の海上にある島で、沈鐘傳說のあるところ。右の『源氏』の記事が彼の腦裡にあつたとすれば、正徹の歌の鐘聲は、或は海底深く沈んだ鐘の音かとも讀めなくはない。この歌の言葉が喚起する想像世界は、そんな風に際限なくひろ

がつてゆく。

それぱかりでない。「沖つ潮合」云々の措辭は明らかにまた『古今集』巻十七、よみ人しらずの、

わたつうみの沖つ潮合にうかぶ泡のきえぬものからよる方もなし

を踏まへてゐるが、同じくこれを本歌とした『新古今集』巻十八の藤原家隆の歌、

和歌の浦や沖つ潮合に浮びいづるあはれわが身のよるべ知らせよ

の方が一層「鐘聲何方」といふ題意に深く結びついてゐる、と言ふべきだらう。家隆の歌の「あはれ」が「泡」と掛けられてゐるのは、念を押すまでもあるまい。自分は和歌の道にたづさはるけれども、潮合の泡のやうにたよりないこのわが身、わが歌の、寄るべを知らせてくれ、と言ふのだ。

伊藤仲江（いとう・のぶえ）
＊1962年愛知県生。
＊東京大学大学院修了。
博士（文学）。
＊現在　愛知県立大学教授。
＊主要著書
『中世和歌連歌の研究』（笠間書院）
『草根集／権大僧都心敬集　再昌』（共著、明治書院）

正徹《しょうてつ》と心敬《しんけい》　コレクション日本歌人選　054

2012年7月30日　初版第1刷発行

著者　伊藤 仲江
監修　和歌文学会

装幀　芦澤 泰偉
発行者　池田つや子
発行所　有限会社　笠間書院
東京都千代田区猿楽町2-2-3［〒101-0064］
電話　03-3295-1331　FAX　03-3294-0996
NDC分類 911.08

ISBN978-4-305-70654-6
©ITOH 2012
印刷／製本：シナノ
乱丁・落丁本はお取り替えいたします。　（本文用紙：中性紙使用）
出版目録は上記住所または info@kasamashoin.co.jp まで。

コレクション日本歌人選　第Ⅰ期〜第Ⅲ期

＊印は既刊。　★印は次回配本。

第Ⅰ期　20冊　2011年（平23）2月配本開始

1	柿本人麻呂＊	かきのもとのひとまろ	高松寿夫
2	山上憶良＊	やまのうえのおくら	辰巳正明
3	小野小町＊	おののこまち	大塚英子
4	在原業平＊	ありわらのなりひら	中野方子
5	紀貫之＊	きのつらゆき	田中登
6	和泉式部＊	いずみしきぶ	高木和子
7	清少納言＊	せいしょうなごん	圷美奈子
8	源氏物語の和歌＊	げんじものがたりのわか	高野晴代
9	相模＊	さがみ	武田早苗
10	式子内親王＊	しょくしないしんのう（しきしないしんのう）	平井啓子
11	藤原定家＊	ふじわらていか（さだいえ）	村尾誠一
12	伏見院＊	ふしみいん	阿尾あすか
13	兼好法師＊	けんこうほうし	丸山陽子
14	戦国武将の歌＊		綿抜豊昭
15	良寛＊	りょうかん	佐々木隆
16	香川景樹＊	かがわかげき	岡本聡
17	北原白秋＊	きたはらはくしゅう	國生雅子
18	斎藤茂吉＊	さいとうもきち	小倉真理子
19	塚本邦雄＊	つかもとくにお	島内景二
20	辞世の歌＊		松村雄二

第Ⅱ期　20冊　2011年（平23）10月配本開始

21	額田王と初期万葉歌人＊	ぬかたのおおきみ しょきまんようかじん	梶川信行
22	東歌・防人歌＊	あずまうた さきもりうた	近藤信義
23	伊勢＊	いせ	中島輝賢
24	忠岑と躬恒＊	みぶのただみね おおしこうちのみつね	青木太朗
25	今様＊	いまよう	植木朝子
26	飛鳥井雅経と藤原秀能＊	まさつね ひでよし	稲葉美樹
27	藤原良経＊	ふじわらのよしつね（りょうけい）	小山順子
28	後鳥羽院＊	ごとばいん	吉野朋美
29	二条為氏と為世＊	にじょうためうじ ためよ	日比野浩信
30	永福門院＊	えいふくもんいん（ようふくもんいん）	小林守
31	頓阿＊	とんな（とんあ）	小林大輔
32	松永貞徳と烏丸光広＊	ていとく みつひろ	高梨素子
33	細川幽斎＊	ほそかわゆうさい	加藤弓枝
34	芭蕉＊	ばしょう	伊藤善隆
35	石川啄木＊	いしかわたくぼく	河野有時
36	正岡子規＊	まさおかしき	矢羽勝幸
37	漱石の俳句・漢詩＊		神山睦美
38	若山牧水＊	わかやまぼくすい	見尾久美恵
39	与謝野晶子＊	よさのあきこ	入江春行
40	寺山修司＊	てらやましゅうじ	葉名尻竜一

第Ⅲ期　20冊　2012年（平24）6月配本開始

41	大伴旅人★	おおとものたびと	中嶋真也
42	大伴家持	おおとものやかもち	池田三枝子
43	菅原道真	すがわらのみちざね	佐藤信一
44	紫式部＊	むらさきしきぶ	植田恭代
45	能因	のういん	高重久美
46	源俊頼＊	みなもとのとしより（しゅんらい）	高野瀬恵子
47	源平の武将歌人＊		上宇都ゆりほ
48	西行	さいぎょう	橋本美香
49	鴨長明と寂蓮★	ちょうめい じゃくれん	小林一彦
50	俊成卿女と宮内卿	しゅんぜいきょうじょ くないきょう	近藤香
51	源実朝＊	みなもとのさねとも	三木麻子
52	藤原為家＊	ふじわらためいえ	佐藤恒雄
53	京極為兼	きょうごくためかね	石澤一志
54	正徹と心敬＊	しょうてつ しんけい	伊藤伸江
55	三条西実隆	さんじょうにし さねたか	豊田恵子
56	おもろさうし＊		島村幸一
57	木下長嘯子	きのした ちょうしょうし	大内瑞恵
58	本居宣長＊	もとおりのりなが	山下久夫
59	僧侶の歌★	そうりょのうた	小池一行
60	ユーカラ		篠原昌彦

『コレクション日本歌人選』編集委員（和歌文学会）

松村雄二（代表）・田中　登・稲田利徳・小池一行・長崎　健